ACAPULCO
ADDICTION

ACAPULCO ADDICTION

ADOLFO ARRIOJA

mr · ediciones

Diseño de portada: Eleazar Maldonado / Factor 02

© 2010, Editorial Planeta Mexicana, S.A. de C.V.
Bajo el sello editorial MARTÍNEZ ROCA M.R.
Avenida Presidente Masarik núm. 111, 2o. piso
Colonia Chapultepec Morales
C.P. 11570 México, D.F.
www.editorialplaneta.com.mx

Primera edición: agosto de 2010
ISBN: 978-607-07-0476-5

Impreso en los talleres de Litográfica Ingramex, S.A. de C.V.
Centeno núm. 162, colonia Granjas Esmeralda, México, D.F.
Impreso y hecho en México – *Printed and made in Mexico*

ÍNDICE

A la buena gente de Acapulco.

A pesar de todo, esta es una obra de amor por ese bello puerto.

«Señores, ¿os gustaría escuchar un hermoso cuento
de amor y muerte?»

JOSEPH BÉDIER, *Tristán*.

PRÓLOGO

———◆———

Chilpancingo, 2004.

Salvador Núñez de Mendoza se levantó de la cama, cruzó el piso de linóleo, con huellas de quemaduras de cigarro, que olía a desinfectante barato, y miró por la ventana el fondo de la cañada donde la ciudad de Chilpancingo parecía haber caído por accidente, más que por la voluntad de los hombres que la construyeron. Por encima de ese desastre semiurbano estaban las montañas verdes envueltas en densas nubes que presagiaban tormenta. Aunque era la capital política del estado, para Salvador no era más que un pueblo abigarrado, distante en todos los sentidos, salvo el geográfico, del puerto de Acapulco.

"¿Qué hago aquí?", pensó.

Las contradicciones y los vuelcos de su vida le parecieron, de pronto, patéticos y desmoralizadores. Le

13

parecía irónico estar desnudo en un motel de paso, en una habitación aséptica y desprovista de cualquier detalle de buen gusto. Entre las sábanas revueltas se movió la silueta de su gerente de ventas, una mujer joven llamada Jacaranda Martínez.

De capitán de meseros del Hotel Nacional —veinte años atrás el más rimbombante de Acapulco— se convirtió en director general y copropietario del Hotel Miramar, el más exclusivo del nuevo Acapulco Diamante. Al ser joven y rubio, en un medio de costeños morenos y mulatos, donde la carne blanca se cotiza más alto, había cautivado a Rosa María Villazón, hija única y heredera universal de Florencio Villazón, rico terrateniente que, en compañía de sus padres, solía ir a comer sábados y domingos al Club de Playa del Nacional.

Aunque Rosa María era todo lo contrario de lo que su sentido de la estética le dictaba —morena, baja de estatura, gruesa de carnes, tosca de facciones, consentida y caprichosa—, Salvador se dejó querer hasta llegar a la rumbosa boda en una de las mejores residencias del afamado fraccionamiento Las Brisas. Después de todo, era la única forma en la que un muchacho, decidido y emprendedor, podía pasar, en el vigor de la juventud, de capitán de meseros a hotelero de postín, para dejar atrás los grises recuerdos de medianía tirando a pobreza en la que había crecido en Pachuca, su ciudad natal.

Rosa María había aportado el capital, por algo era su esposa y copropietaria, pero el diseño, construcción, operación y administración del Hotel Miramar fueron méritos de Salvador. Dando rienda suelta a la imaginación desarrollada desde niño, aprovechó el contorno de una colina que desciende suavemente al mar y termina en el macizo rocoso que marca el principio de la llamada Zona Diamante. Ahí edificó un conjunto de villas con alberca privada que, rodeadas de cascadas y jardines, se proyectaban hacia el mar de cambiantes colores: azul, esmeralda, plata, anaranjado y negro brillante, según la hora del día y la temporada del año.

Las villas estaban decoradas al estilo mediterráneo y contaban con todas las comodidades modernas —amenities como se dice en el argot hotelero— pero abundaban en detalles mexicanos: lámparas y espejos de latón, cortinas de manta sostenidas por argollas de madera, hamacas en las terrazas, ceniceros de barro, alfombras de yute y henequén, candelabros de inconfundible estilo colonial, roperos, cajoneras, burós y escritorios de madera oscura adornados con puntiagudos remaches de cobre reluciente. El nombre de cada villa se expresaba en placas de la mejor talavera poblana: *Gardenia, Coral, Azucena, Conchita, Lucero, Bugambilia, Tabachín, Alba, Jacaranda, Pie de la Cuesta, Caleta, La Quebrada...*

Al tope de la colina el restaurante María del Mar servía platillos de cocina internacional. Estaba coronado por una cúpula rodeada de afiligranadas y churrigue-rescas estructuras de acero que Salvador había copia-do de la iglesia parroquial de Puerto Vallarta. Esto en recuerdo de un viaje en motocicleta que años atrás había hecho con un amigo muy especial. La construc-ción estaba revestida al interior por una bóveda ca-talana de donde descendía un candelabro de bronce comprado a los arruinados dueños de una hacienda del Bajío.

Salvador también había organizado y supervisaba todos los aspectos de la operación hotelera: promoción, publicidad y ventas, incluyendo la contratación de ofi-cinas en Estados Unidos; el establecimiento de un sis-tema de recepcionistas, meseros, servicio a cuartos y camaristas capaces de combinar la eficacia, la lim-pieza y el respeto al huésped, con actitud de servicio expresada en una ininterrumpida sonrisa; la presenta-ción, el sabor y el condimento de los platillos servidos en el María del Mar, dentro de un atmósfera cordial matizada por un tenue aroma a perfume de gardenias —original forma de matar los olores de la cocina— y enmarcada por las espectaculares vistas al Pacífico en el más hermoso de sus trópicos. En fin, el control minucioso de los múltiples detalles que demanda la atención de un establecimiento de este tipo: cocinas, maleteros, cajas de seguridad, *valet parking*, contabili-dad, declaraciones de impuestos, demandas laborales y una gran cantidad de etcéteras.

Además, Salvador le había hecho dos hijos a Rosa María para acallar los reclamos de su conciencia. Procuraba comportarse como padre amantísimo y marido responsable y servicial, a pesar de la repugnancia que los modos y el cuerpo de su esposa solían provocarle. Apenas el sábado anterior, la familia Núñez Villazón había celebrado su nombramiento como presidente de la Asociación de Hoteleros, en uno de los restaurantes de lujo que miran a las luces blanquecinas y multicolores de la Bahía de Acapulco.

Pese a todos esos éxitos, y su vida aparentemente en orden, se sentía más desasosegado que nunca. No era por su gerente de ventas, Jacaranda Martínez, que seguía tirada en la cama. Después de todo un hombre como él, sometido a los rigores y a las humillaciones de un matrimonio de conveniencia, tenía derecho a disfrutar de un buen cuerpo. De la pasión ocasional por Jacaranda había pasado, sin sentirlo, a un rechazo total que lo hacía sentirse asqueado y molesto consigo mismo.

Tenía un secreto que no era Jacaranda. Un amor oculto. Sabía que no podía seguir así. Era peligroso. Estaba atrapado en una red de conveniencias personales y de convencionalismos sociales de la que no era fácil huir. La familia, la sociedad, los negocios, el futuro de sus hijos, la copropiedad del hotel y, por encima de todo, la posible venganza del poderoso Florencio Villazón que, a la típica usanza guerrerense, lo mandaría secuestrar, torturar, y asesinar a mansalva, tras varias semanas de inenarrable angustia y sufrimiento. ¿Cómo ocultar un amor prohibido?

La puerta del baño se cerró tras de él. Jacaranda Martínez se retiraba al aseo personal, después de horas de sudoroso sexo. Envuelto en las contradicciones de su mundo y la angustia que no podía aplacar para encontrar la liberación, su vista se posó en las hojas anaranjadas de los tabachines que, a la vera del libramiento carretero, le daban un cierto toque de alegría al monótono paisaje terrestre de Chilpancingo que parecía suspendido en el tiempo.

Se vistió y bajó a la recepción. Necesitaba un poco de espacio, estar un momento con sus obsesiones. El recepcionista lo saludó con un movimiento de cabeza. Ahí en Chilpancingo nadie sabía quién era Salvador Núñez de Mendoza, presidente de la Asociación de Hoteleros de Acapulco. Vio un par de periódicos locales en la mesa de la recepción. Los titulares hablaban de las cabezas que fueron encontradas una en la playa y la otra clavada en las oficinas de gobierno. Había una guerra, y era malo para el negocio, era lo que Salvador sabía en ese momento, absorto en su propio drama.

Antes de escribir sobre el asesinato del empresario Salvador Núñez de Mendoza, del tiroteo en la playa y de la cabeza arrojada a la pista de una famosa discoteca del puerto, así como de las redes del inexorable lavado de dinero, fuente y efecto de todo lo anterior, tengo que hablar de mi amigo Carlos de Secondat, fiscal para Delitos Especiales del Distrito Judicial de Tabares en Acapulco, Guerrero, quien me refirió, primero, la historia de los lingotes de oro, ocurrida décadas atrás; y en segundo lugar, la historia de la guerra de cárteles en Acapulco, hechos estos últimos que la prensa ha relatado, pero sin contar, como en el caso de mi amigo, con detalles de primer orden.

—Son dos historias que tienes que escribir —me dijo Secondat, una noche, en la sobremesa de mi casa en San Ángel, de la ciudad de México.

—Pero si yo no soy escritor —le dije.

—Ambos sabemos que siempre has querido escribir una novela, pero en tu vida nunca ha ocurrido nada interesante.

Secondat y yo fuimos compañeros en la Facultad de Derecho. Nuestras vidas transcurrieron de una manera diametralmente opuesta, pues yo me dediqué desde un principio a la academia. Sin embargo, esa noche pasamos una buena velada al calor de unas copas de un buen tinto de raza, y cuando Secondat terminó de referirme los hechos sangrientos ocurridos recientemente en Acapulco, le dije:

—No sé si pueda escribir una novela.

—Estoy seguro de que sí— contestó Secondat, y no sin cierta cínica amargura sonrió al tiempo que apuró el último trago.

LINGOTES DE ORO
EN EL PANTEÓN FRANCÉS

———•———

Ciudad de México, 1973.

A pesar de su aspecto, del aire derrotista y cínico que lograba trasmitir, Secondat alguna vez fue un abogado joven y ambicioso con un despacho propio. La historia que debo relatar comenzó una mañana de octubre de 1973, en la ciudad de México, cuando Godofredo Heller Manzini, puso en su escritorio, entre folios, expedientes y códigos, cuatro lingotes de oro. De tamaño regular, resplandecían con la luz matutina filtrada a través de los vidrios azulados que daban a la glorieta de Colón, en la confluencia del paseo de la Reforma, la calle de Versalles y la avenida Morelos, pletóricas, a esa hora, de tránsito vehicular y contaminadas por el ruido incesante de cláxones y motores. En cada costado el oro estaba marcado con el inconfundible escudo del Tercer Reich; en la base, el peso y la ley escritos en alemán.

—Convendrá usted conmigo, doctor, en que sus ojos jamás se han posado sobre oro más lindo —dijo Heller Manzini.

Según su pasaporte poseía la nacionalidad argentina. Hijo de padre alemán y madre italiana, había nacido en Buenos Aires cincuenta años atrás y su ocupación, además de ser el aparente beneficiario de uno de los preciados frutos del Eje Berlín-Roma, era la de inspector aduanal. Sin el aire de arrogancia que despedía por todos los poros, su aspecto habría sido más bien cómico. De baja estatura, magro de carnes, rostro cetrino, mirada vidriosa, bigotito recortado y pelo engomado, vestía como si acabara de fugarse de un circo itinerante: zapatos negros de doble suela, pantalón de pana, camisa blanca, saco de cuadritos multicolores —los ingleses los llaman *checkers*— y un moño moteado en el cuello. Salvo por la ausencia de la nariz roja, a Secondat le recordó a *Pirrín*, el payaso de sus tiempos infantiles.

Cuqui, su secretaria, lo introdujo sin previa cita porque se presentó acompañado de una tarjeta de recomendación firmada por el licenciado Raúl Ayala Martínez, subdirector general de Aduanas y asociado de Secondat, bajo cuerda, por supuesto, en ciertos negocios legales. El abogado abandonó el estudio de un farragoso contrato de fletamento que uno de sus clientes corporativos —una compañía naviera que prestaba servicios de cabotaje en los puertos de Tampico, Tuxpan,

Veracruz y Coatzacoalcos— le había pedido dictaminar con la urgencia habitual.

Heller Manzini, a la usanza argentina, llamaba "doctores" a los abogados.

—Verá, doctor, estos lingotes pertenecieron a un pariente mío que murió en circunstancias misteriosas y fue hijo de una hermana de mi madre y de un inmigrante alemán que llegó a la Argentina a fines de los años cuarenta y murió al poco tiempo, al parecer de viejas heridas de guerra. No sin antes dejar a la tía Manzini preñada y heredera de una estancia en la provincia de La Plata. Esto hizo que mi primo hermano, el ahora finado, quien en vida se llamó Rigoleto Kunze Manzini, fuera para mí una especie de hermano menor.

—Entonces "el finado", como usted lo llama, debió ser muy joven cuando murió…

—Qué le voy a decir doctor, si en la flor de la edad lo asesinaron de cuatro tiros de escopeta.

—¿Por qué?

—Líos de minas.

—¿Qué no era heredero de una estancia?

—En Argentina llamamos minas a las mujeres hermosas a causa de los tesoros de placer ocultos en ciertas cavidades de su cuerpo. Rigoleto, en el vigor de su juventud, era muy enamoradizo.

—Gracias por la aclaración, pero entonces entre las novias o minas debió haber alguna que resultara culpable.

—La pesquisa judicial no llegó a ninguna parte. Rigoleto era muy buen mozo. Imagínese, rostro y cuerpo teutón suavizados por la dulzura meridional de la madre italiana. Tenía más minas que Rockefeller pozos petroleros. Pudo ser cualquiera: una de ellas, un pretendiente despechado, un padre o hermano celosos, qué sé yo.

Secondat decidió cortar por lo sano:

—Y dígame, señor Heller, ¿cómo entró en posesión de estos lingotes?

El diminuto argentino emitió un largo suspiro de alivio y contestó:

—Al término de la pesquisa judicial mi tía me pidió que, como su pariente más cercano e inspector de Aduanas, levantara el inventario de los bienes que Rigoleto dejó en la estancia. Cuando estaba por concluir descubrí los lingotes dentro de una caja de metal cuya cubierta tenía grabadas las armas del Reich. La caja estaba enterrada en un cobertizo debajo de unos fardos de algodón que debí remover para contarlos porque estaban listos para ser embarcados a la capital. Al hacerlo noté un acusado desnivel en el piso, excavé y la curiosidad esta vez premió al gato.

—¿Por qué no dio aviso a las autoridades?

—¡Nada más imagínese el quilombo!

Manzini le dio un panorama, no muy diferente del de México, de lo que era vivir en la Argentina de 1973, con el presidente Perón en el delirio de la senilidad y con su hombre fuerte, el brujo José López Rega, afanando y agandallando a diestra y siniestra. El país estaba en manos de una camarilla de pillos sostenida por el lustre pasado de un cadáver viviente. Solamente un imbécil denunciaría un hallazgo así, para que en cinco minutos se lo quedara la primera "autoridad" que tuviera conocimiento de los hechos.

—¡Habrase visto! —concluyó Manzini— ¿Quién puede ser honesto en un país gobernado por López Rega, cuyos únicos títulos son los de portero de edificios, sargento de la policía y brujo necrófilo que por años ha manoseado el cadáver de Evita?

—Pudo avisarle a su tía, la heredera directa.

—Está vieja, sorda y desconsolada. Habría hecho alguna pavada. Por eso guardé los lingotes en mi valija oficial de Aduanas y los deposité en una bóveda del Banco de la Nación Argentina.

—Hasta aquí lo entiendo, pero ¿para qué trajo los lingotes a México?

—Por razones obvias no puedo venderlos en Buenos Aires. Así que después de pensármelo mucho me acordé de un viejo amigo de Aduanas que ahora trabaja como gerente de un banco en San Antonio, Texas. Sacrificando todos mis ahorros fui a visitarlo en busca de consejo.

El argentino le contó que este funcionario, detrás de su respetable fachada de directivo bancario y, aprovechando la cobertura que ésta le otorgaba, se dedicaba a financiar por debajo del agua, o, mejor dicho, por debajo de la frontera, a las bandas de narcotraficantes que, desde México, introducían droga en Estados Unidos. Después de evaluar con cuidado la historia y de mandar analizar las fotografías de los lingotes, el gerente le ofreció la enorme suma de 350 mil dólares, a condición de que se los entregase libres de polvo y paja, en San Antonio, Texas. Ahí surgió el dilema, pues no se sabía de nadie que hubiera cruzado una aduana americana con cuatro lingotes de oro en las alforjas. Su amigo le aconsejó que los trajera a México y que, desde acá, aprovechando las redes de contrabando que tienen años de operar con éxito, buscara internarlos de manera subrepticia en Texas.

—Entonces no veo la razón de su consulta —dijo Secondat—. Las bandas que financia su amigo texano pueden trasladar los lingotes en cualquier embarque de drogas. Los jefes de esas bandas deben tener cómplices gringos, ya que de otra forma no podrían pasar ni un carrujo de mariguana.

—Entiéndame doctor, la cosa no es tan sencilla. Para empezar mi amigo es texano por conveniencia, pero argentino de corazón —al decir esto, Heller Manzini emitió un enorme suspiro que contrastaba con la pequeñez de su persona— ¡Qué se le va hacer! Como está la situación, los argentinos emprendedores, y no sólo los futbolistas tarde o temprano nos vemos obligados a emigrar. El hecho es que, según mi amigo, el tráfico regular de narcóticos y el contrabando de oro no se llevan. Si sus cómplices se ven obligados a compartir uno de sus cargamentos con lingotes extraídos de las arcas del Tercer Reich, de inmediato pensarán que hay más en alguna parte. ¿Y por qué cree usted que estas bandas están en el contrabando? ¿Caridad? No, doctor: codicia. Sin contar con el escándalo internacional que se nos vendría encima si se hiciera del dominio público que en Texas se andan traficando lingotes de oro que pertenecieron al tesoro de los nazis. Por eso mi amigo, que no tiene intenciones de acabar como cabeza de turco, no quiere saber nada del traslado a Estados Unidos.

A Carlos de Secondat el asunto cada vez le gustaba menos, pero algo había en él que lo atraía de manera intuitiva, como la vez en la que, en una ganadería tlaxcalteca, contra todo tipo de prudentes advertencias, decidió tentar un novillo con funestos resultados para su integridad física y su autoestima.

—¿Cómo logró pasar por la aduana del aeropuerto de México?

—Mi amigo tiene otro amigo que es vicecónsul de la embajada de Argentina en México, el cual me esperó en la escalerilla del avión de Aerovías —pronunció el nombre de la aerolínea como si la única que existiera en el mundo fuera la argentina— y después me condujo por diversas salas y dependencias hasta salir sin que nadie tocara mi equipaje. Me acomodó en el Hotel

Continental, me procuró la tarjeta de presentación del subdirector de Aduanas y aquí estoy.

Secondat sonrió para sus adentros. En 1973 México vivía el efluvio verborreico del presidente Luis Echeverría Álvarez, mejor conocido por sus iniciales: LEA. Demagogo, populista, peripatético y autoritario, LEA viajaba por el mundo haciendo el ridículo en un ilusorio afán de ganar el Premio Nobel de la Paz (obsesión tercermundista de otros dos presidentes mexicanos: Miguel Alemán Valdés y Adolfo López Mateos) o, al menos, la Secretaría General de la Organización de las Naciones Unidas, mientras en México, desmantelaba, paso a paso, el sólido edificio económico construido a duras penas a partir de los años cuarenta. "Ni nos beneficia ni nos perjudica, sino todo lo contrario", dijo en una célebre conferencia de prensa.

Una de las vertientes del desmantelamiento consistía en una provinciana política de proteccionismo industrial encaminada a una supuesta sustitución de importaciones que en poco tiempo generó dos efectos nefastos: primero, consumidores cautivos a merced de unos cuantos empresarios voraces que inundaron el mercado con productos costosos y de mala calidad; segundo, el florecimiento del noble arte del contrabando. Una víctima colateral del pretendido cierre de fronteras resultó ser el aeropuerto de la ciudad de México, cuya aduana se volvió una garita intransitable, salvo para los que tuvieran influencias, contactos o dinero, como Heller Manzini.

—Entonces debo entender que usted no ha hablado con el subdirector de Aduanas —dijo Secondat.

—No, mi vicecónsul me aseguró que el subdirector le garantizó, a su vez, que el doctor Carlos de Secondat era una persona absolutamente honorable y eficiente en la que podía confiar mi destino.

Para ser tan pequeño, Heller Manzini tenía muy acusado el concepto de propiedad. "Mis lingotes" en realidad pertenecían a la tía que, con toda probabilidad, había estafado; "mi vicecónsul" trabajaba para el gobierno argentino; y "mi destino", en ese momento, lo estaba poniendo en manos de un abogado mexicano del que tenía referencias indirectas.

Secondat decidió ser curioso:

—Dígame, su pariente alemán, Kunze, ¿era un jerarca nazi que huyó a la Argentina al estilo de Mengele y Eichmann?

—Debemos suponer que por ahí anduvo el cuento. Yo lo conocí cuando ya había desposado a mi tía. Era un sujeto alto, delgado, pelado a rape, una cicatriz horrible en el cuello que intentaba esconder bajo una amplia colección de gasnés planchados y almidonados. Ahora recuerdo que cuando yo era pibe y pasaba unas vacaciones en la estancia, un día que Kunze bebió de más se puso a tocar en el fonógrafo unos discos de himnos alemanes, o una pavada así, y nos obligó, su mujer embarazada incluida, a marchar a paso de ganso por el patio. Después se encerró a llorar.

—¿Nunca fue descubierto?

—Murió al poco tiempo y la tía no volvió a mencionarlo, entregada como estaba a la educación de mi primo, lo único que le quedaba en la vida. Que fue nazi de algún rango a mí no me queda la menor duda. Por eso la posesión de los lingotes no me produce ninguna carga de conciencia.

El abogado decidió que era tiempo de concluir:

—Bien, esto es lo que puedo hacer por usted. Voy a hablar con un conocido mío, que es subadministrador de la Aduana de Monterrey. Para su ilustración le informo —aquí Secondat se tomó una pequeña revancha sobre la superioridad de que hacía gala el argentino— que Monterrey es la ciudad más importante del norte de México, está a 200 kilómetros de la frontera con Texas y su aduana es, con mucho, la más importante de la zona.

Manzini pegó un respingo:

—No tan de prisa doctor. Primero me tiene que resolver el problema de los lingotes.

—¿Cuál problema?

—Dónde los voy a guardar mientras me fija el traslado. Anoche debí dormir abrazado a ellos y le puedo decir que no es nada cómodo.

Secondat sonrió pues la imagen le resultó cómica: un aduanero argentino abrazado al oro del Tercer Reich en un hotel de la ciudad de México.

—Las bóvedas del Banco Nacional de México son

tan seguras como las del Banco de la Nación Argentina —apuntó con sequedad, retirando la involuntaria sonrisa. No quería asumir más responsabilidades de las que le correspondían.

—Entiéndame doctor. Yo no puedo rentar una bóveda en México. Tendría que mostrar mi pasaporte, mi carnet de identidad, firmar papeles, contratos, qué sé yo.

—Sólo se me ocurre la caja de seguridad de su hotel.

—¡No, no, no! Doctor, escúcheme, por favor —el pequeñín parecía encontrarse al borde de un ataque de apoplejía— lo que requiero es un escondite secreto al que sólo tengamos acceso usted y yo. Las cajas de seguridad de los hoteles no son seguras, los empleados hablan y los conserjes se pasan las contrallaves de mano en mano al cambiar los turnos.

—Entonces requiero de un par de días para encontrar una solución adecuada.

—Que no sean más, doctor. Nadie puede andar por ahí cargado de lingotes hitlerianos.

—Haré lo posible.

Una vez que Heller Manzini se marchó, Secondat llamó a Cuqui, su secretaria:

—Por favor, comuníqueme con Isidro Villarreal, de la aduana de Monterrey.

Secondat miró las magras piernas de su secretaria que emergían de una falda que intentaba ser entallada y que se extinguían en unos tacones largos y afilados.

31

En realidad no se llamaba Cuqui sino Josefa López. Le puso ese apodo porque le recordaba a un personaje televisivo de moda: *Cuqui, la ratita;* chaparra, flaca, narigona, de grandes orejas, colmillos saltones, calvicie prematura que se hacía patente cada vez que se peinaba con el pelo restirado, cejas espesas e indepilables.

Solamente la salvaba un cierto sello de buena familia y su devoción al trabajo. La había contratado por ser pariente de un sacerdote amigo suyo que solía ser bastante flexible en lo tocante a los pecados de la carne, incluyendo los asociados al uso de píldoras anticonceptivas. En el México de 1973, para subsistir decorosamente, se requería, por lo menos, de un buen médico, un cura comprensivo y un amigo en la aduana.

Un secretario los introdujo en la oficina del administrador del Panteón Francés, ubicado a un costado de una transitada avenida, a cuya vera se desplegaba una multitud de fosas y criptas entre ahuehuetes y pinos. Detrás del austero escritorio de nogal emergió un personaje con manos y rostro de cera, uñas manicuradas, pelo aplastado sobre el cráneo y una levita negra, de tiempos idos.

—Tengo entendido que desean adquirir la perpetuidad de una de las fosas que se acaban de excavar frente a la pared que linda con la avenida —dijo.

Godofredo Heller Manzini respingó:

—Nada de eso. El que desea comprar la perpetuidad es mi amigo el doctor o licenciado, como aquí se
dice. Yo sólo me he prestado a acompañarlo.

El administrador revisó los papeles que tenía sobre
el escritorio y acotó con voz neutra:

—Tiene usted razón. Mi secretario preparó los contratos precisamente a nombre del señor Secondat.

Y sin más le estiró a este último unos folios im-
pecables, escritos a máquina con caracteres negros y
rojos.

El abogado revisó la documentación, el típico contrato de adhesión al que no es posible quitarle o aña-
dirle nada. Sin emitir comentario firmó los tres tantos
en cada una de las páginas. El administrador los tomó
con cuidado, extrajo de la levita una pluma fuente,
lustrosa y elegante, y rubricó los documentos con so-
lemnidad.

—Sólo me queda molestarlo con el cheque —dijo.

Secondat le extendió un cheque personal con el
conocido membrete de su banco. El administrador lo
tomó con sus dedos manicurados, lo colocó a contra-
luz de la lámpara protegida por una cubierta de paño
verde con flecos dorados que ocupaba el centro de su
mesa, y lo examinó como si el papel seguridad pudiera
ser portador de un brote de lepra. Cuando se sintió
satisfecho depositó el cheque en el cajón de su escritorio, el cual cerró con llave.

—Están servidos, señores.

Heller Manzini volvió a respingar:

—Quisiera, si no le importa... o mejor dicho: mi amigo el doctor licenciado quisiera ver la fosa.

El administrador mostró unos dientes amarillos en juego con su cara:

—No hay problema. Hasta en los panteones hay que ver y tocar lo que se compra. Más si se piensa reposar ahí a perpetuidad. La fosa está en el cuartel XII. Mi secretario se las mostrará.

El auto del abogado rugió por las pequeñas calles del panteón, detrás de la carroza fúnebre donde viajaba el secretario del administrador, el cual se limitó a señalar con la mano el lugar de la fosa, antes de proseguir su camino, para alivio de Heller. Secondat se estacionó con cuidado. A sus 33 años, la independencia profesional y el auto eran sus mayores logros materiales. Se trataba de un Mustang Mach One plateado con una franja negra que cruzaba el centro del cofre y se bifurcaba por los costados en dos líneas estilizadas. No había nada mejor en México: ocho cilindros, 260 caballos de fuerza, palanca de cuatro velocidades al piso, asientos de cuero, tablero de luces rojas y verdes, headers, escapes dobles, faros de niebla, llantas anchas y rines de magnesio. Heller Manzini, al verlo, dejó su ego a un lado por escasos veinte segundos, para exclamar:

—Esto es un auto, lo demás son pavadas.

34

La cajuela estaba cubierta por un ancho y largo vidrio polarizado e inastillable que, en declive, descendía del techo para darle al vehículo una imagen todavía más aerodinámica. Secondat extrajo la caja de acero con los cuatro lingotes. Entre Heller y él la depositaron en el fondo de la fosa con el auxilio de unas cuerdas que habían dejado los sepultureros, junto con una escalera. La fosa estaba abierta para delimitar sus medidas y linderos. En unos días se volvería a cubrir para quedar a la espera de la primera defunción en la familia del no tan feliz propietario.

Con fría determinación, el argentino bajó a la fosa por la escalera. En cuanto tocó fondo emitió un grito de alegría; su garganta no estaba hecha para exclamaciones estentóreas. Había encontrado en la pared un hueco formado por la configuración del subsuelo. De inmediato puso manos a la obra y, entre resoplidos, colocó la caja en el hueco y la ocultó con tierra y hojarasca.

Mientras Heller Manzini se afanaba escondiendo su tesoro, Secondat miró a su alrededor. En el lote vecino se estaba construyendo una cripta, de cuyas varillas —que eventualmente se transformarían en columnas de cemento recubiertas de mármol— se desviaba una, oxidada y puntiaguda, que llegaba al borde de la fosa cuya perpetuidad acababa de adquirir. Como no tenía nada qué hacer y como la ociosidad suele ser la madre de todas las estupideces, le tiró una patada a la varilla en un vano intento por enderezarla. El chiste estuvo a punto de costarle una herida en la pierna derecha con tétanos incluido, pues la varilla, al ser pateada en esa forma, reparó con tal fuerza que instantáneamente regresó a su lugar original. Solamente los reflejos que el abogado había adquirido en sus tiempos de futbolista amateur lo salvaron de una visita a la sección de urgencias del Hospital Inglés. Al respirar aliviado no se le escapó la inevitable ironía: en todo caso, era preferible ir del Panteón Francés al Hospital Inglés que a la inversa.

Minutos más tarde, cuando el Mach One rodaba por el paseo de la Reforma en el insoportable tráfico de las seis de la tarde, rumbo al Hotel Continental, Secondat dijo:

—Entonces, señor Heller, quedamos en lo dicho. Mañana me entrevisto con el subadministrador de la Aduana de Monterrey, Isidro Villarreal, quien se encargará de llevarlo a San Antonio, Texas, con los lingotes libres de polvo y paja. Hasta ahí alcanzan los honorarios que me cubrió por la mañana. Le recuerdo que el rescate de los lingotes corre por su cuenta. Ya me comprometí demasiado con el contrato de perpetuidad.

—Costa Rica bien vale una fosa— dijo Heller Manzini.

—¿Costa Rica?

—¿No se lo había dicho? No pienso regresar a la Argentina. He descubierto que Costa Rica no tiene control de divisas. Ahí puedo vivir como príncipe. Una finca cafetalera en las montañas con cabezas de ganado para ser todavía más rico. Además, aquello es el paraíso: bosques, lagos, cascadas y las más bellas playas del Pacífico a una hora de la montaña. Y minas, minas hermosas, cariñosas y ardientes.

—Tiene usted una visión muy limitada de la vida de los príncipes —le contestó con sequedad el abogado, intranquilo por haber firmado esos derechos de perpetuidad.

Heller Manzini le dirigió una mirada de profundo desdén. Secondat se afanó en ganar una calle lateral antes de toparse con la impenetrable confluencia de Reforma e Insurgentes, donde se erguía el Hotel Continental.

Al llegar a su despacho, Secondat se detuvo en el escritorio de la recepción. Cuando recogió los periódicos y la nota con los recados del día, espió el rostro de Cuqui, su secretaria. Al ingresar en su privado una sonrisa maléfica le iluminó el rostro. Cuqui tenía unas cejas idénticas a las del administrador del Panteón Francés.

A pesar de vivir en el México de Luis Echeverría, Carlos de Secondat, a sus 33 años, no sólo tenía un futuro promisorio, sino que además estaba en una relación seria con Natividad, una pieza de resistencia, como él solía llamarla. Ella poseía pasaporte mexicano porque había nacido en el Distrito Federal, pero de médula, hueso y espíritu era asturiana de pura cepa:

rubia, ojos azules, hoyuelos en las mejillas, senos generosos, piernas bien torneadas y una inocultable tendencia a engordar, delatada por las incipientes "llantitas" que escapaban al ojo, pero no al tacto. Sus genes peninsulares no admitían discusión, y quizá por eso la relación con Secondat iba en picada.

El padre se oponía con vehemencia a la relación, como buen español oloroso a caña, tabaco y brea; de esos que llegaron a fines de los treinta a "hacer la América". Huyó de Asturias debido a confusas simpatías republicanas. En cuanto tuvo que enfrentarse a las realidades del nuevo mundo se dedicó a tallarse el lomo de sol a sol, comió con frugalidad, durmió en el tapanco de una tienda de abarrotes y ahorró cuanto duro tuvo a su alcance. En pocos años abrió su propia tienda. Mandó traer a la novia de Villaviciosa, el pueblo asturiano natal, y en 1973 era el próspero dueño de una cadena de abarrotes a la que, para darse lustre, llamaba de ultramarinos.

Con los años se había aburguesado e inevitablemente se convirtió en un reaccionario, un crítico feroz del país que lo hizo rico más allá de lo imaginado. Un padre así no podía permitir que su hija se casara con un incipiente abogado mexicano que intentaba ejercer su profesión en un país en el cual no se respetaban las leyes, pues todo se arreglaba con base en componendas, y que, para colmo, poseía un sospechoso apellido francés. Por eso, mientras saboteaba la relación, planeaba la venida a México de un guapo y garrido mocetón asturiano al que iniciaría en el negocio de los ultramarinos, y así propiciar, de acuerdo con las tradiciones, su nada improbable matrimonio con Natividad. Esa era la única manera de preservar la indispensable limpieza de sangre, herencia de la España medieval e inquisitorial, la de cerrado y sacristía, que con Franco había vuelto con todos sus fueros y dogmas.

Por otra parte, Nati se negaba a entregarle a Secondat el preciado tesoro de su virginidad. En sus escarceos amorosos le permitía casi todo, pero al llegar a la hora de la verdad siempre encontraba una excusa a modo.

En una ocasión, durante la cena, el padre se la pasó despotricando contra la "demagogia socialistoide" de Echeverría y de los imbéciles, logreros, demagogos, ignorantes y arribistas de que se había rodeado. Aunque Secondat sabía que en el fondo le asistía algo de razón, en un arranque de dignidad nacional —motivado por las continuas y altaneras comparaciones con el semidivino Franco— decidió confrontarlo, lo que empeoró las cosas hasta el punto de la ruptura. Cuando la pareja se quedó sola en el recibidor, Nati se mostró esquiva y distante, y los intentos de Secondat por cautivarla no llegaron a ninguna parte, interrumpidos por el padre que, entre toses y bufidos, se asomó más de una docena de veces por el balcón interior de balaustrada churrigueresca. El recibidor estaba decorado con pesados muebles de madera recubiertos de terciopelo grana e incontables pinturas de paisajes asturianos alrededor de un enorme escudo tallado en madera con las armas de España.

Secondat aguardó paciente en su mesa del restaurante Jena. Estaba situado en el sótano de un edificio de la avenida Morelos, a media cuadra de la confluencia con el Paseo de la Reforma, a la altura de la glorieta de Colón. Le quedaba a un paso de su despacho. Su cocina era excelente. A pesar de que su propietario se había inspirado para bautizarlo en una de las grandes batallas napoleónicas —cuyo grabado de estampa clásica y ligeramente impresionista podía observarse en el biombo que separaba el bar del acceso a los sanitarios— la especialidad de la casa era un platillo cubano: moros con cristianos; es decir: arroz blanco, frijoles negros, huevos montados, plátano frito, carne molida y salsa al gusto. Las porciones eran más que generosas. Otra de las especialidades eran los martinis mezclados en grandes jarras heladas para degustar a lo largo de la comida. El lugar no podía ser más agradable, gracias al decorado afrancesado de los años cincuenta y el ambiente intimista que daba el sótano.

Un vozarrón y unas palmadas en los riñones lo obligaron a ponerse de pie para darle la bienvenida a su invitado: Isidro Villarreal, subadministrador de la Aduana de Monterrey. Típico norteño de grandes espaldas, vientre prominente, bigote de aguacero, tez cetrina, habla desenfadada y dicharachera. Vestía una especie de cazadora con parches de cuero que le daba cierto aire de ranchero próspero. Después de que Secondat hizo las preguntas de rigor sobre las dos familias: la oficial y la de la "casa chica" —o como al mismo Isidro le gustaba decir: "la de riego y la de temporal"—, entró de lleno en la materia: los lingotes de oro. Tras hacerle una gran cantidad de preguntas y de efectuar algunas anotaciones en unas tarjetas que extrajo de la bolsa interior de su cazadora, el subadministrador de Aduanas esbozó una sonrisa y apuntó:

—No me gusta hablar mal del señor Presidente porque soy funcionario federal, pero la verdad es que la idea de LEA, o LE, como le ponen ahora los periódicos, de cerrar las fronteras lo único que ha provocado es que se hagan cosas que antes a nadie se le habrían ocurrido.

Los periódicos habían comenzado a decirle LE, en lugar de LEA porque se rumoraba que significaba prostituta en uno de esos idiomas regionales que abundan en la península ibérica.

—Por años, los ganaderos de Chihuahua y Nuevo León vendieron sus mejores cabezas en Texas y el gobierno se hizo de la vista gorda porque sabía que aquí, con los precios de garantía, nadie les iba a pagar lo justo y porque, como sea, era una forma de traer divisas. Pero llega LEA y no se puede exportar ni un chicharrón porque primero debe atenderse el abasto nacional. ¿Y qué iban a hacer los ganaderos? ¿Vender a los precios de garantía? ¿Regalar la carne a los hospicios? Ni madres. Con ayuda de sus clientes gringos excavaron túneles con ventilación, techos de concreto e iluminación que cruzan la frontera por debajo y salen a las praderas de Texas; para que veas cómo a mis paisanos LEA les salió un pájaro nalgón. Por eso el lema de campaña del señor "arriba y adelante", ya lo cambiaron por "para abajo y para atrás, que regrese Díaz Ordaz".

—¿Me estás diciendo que por ahí vas a pasar al argentino?

—Son túneles tan amplios que hasta pasa un jeep. Cuantimás un enano como me dices que es este güey.

—¿Y cuando llegue a Texas?

—Lo llevo en el jeep hasta Roma, Texas, lo pongo en un autobús y que Dios lo bendiga. Pinche ratero.

—¿Será la mejor solución?

—Desde luego.

—¿Seguro?

Secondat vaciló. Godofredo Heller Manzini era su cliente y le debía lealtad profesional. La suficiente como para no entregarlo atado de pies y manos, y con cuatro lingotes de oro, a los avatares de un túnel "exportador de ganado", en el que cualquier cosa podía pasar; y además, en manos de alguien con quien había hecho tratos en el pasado, pero que solamente involucraban la importación legal de mercancías que no reunían la

42

incontable cantidad de requisitos establecidos por la insufrible Secretaría de Industria y Comercio. El mismo Heller Manzini con sus prisas, sus exigencias y su arrogancia, por no hablar del dudosísimo origen de los lingotes, había colocado a Secondat en esta posición. No obstante, decidió que le daría al argentino una última oportunidad de desistir.

—¿Y si al escalar la barda del panteón, o peor aún, al sacar los lingotes, los agarra la policía?

—No mames, con las credenciales de Aduanas que trae mi chofer todos los policías de esta pinche ciudad se le cuadran.

Ante la falta de argumentos, Secondat concluyó:

—De acuerdo.

Esa misma tarde Secondat tuvo que digerir, además de la comida del Jena, un fenomenal berrinche del argentino, quien lo aguardaba ansioso y lleno de esperanzas en el despacho, del cual parecía haber tomado posesión. Al conocer los costos de la aventura se puso al borde de un ataque de apoplejía.

—Escúcheme, doctor: le pagué ya quince mil dólares a usted, su amigo quiere el doble, y si le sumo mis gastos de viaje y estancia el asunto me va a salir en cincuenta mil.

—Señor Heller, es la única opción, y con esos costos. Si no le parece no hay arreglo: se trata de cruzar con lingotes de oro no con papas fritas. Además, según sus

43

propias cuentas, su utilidad va a ser como del 700 por ciento de su costo. Decídase, porque Isidro Villarreal sólo va a esperar hasta mañana.

—¿Por qué tanta prisa?

—¿No fue usted quien me dijo que no podía esperar un día más?

—¿Qué garantías tengo de no ser robado y abandonado a mi suerte?

—Ninguna, en este negocio no puede haber garantías.

—Alguna seguridad debo tener.

—Mantenga al tanto a su amigo, el vicecónsul. Si algo sucede, la embajada argentina puede lograr una investigación oficial. No se me ocurre nada más...

—Escúcheme otra vez, doctor —dijo el argentino con voz plañidera—, al vicecónsul le conté que traía conmigo los ahorros en dólares de toda una vida de trabajo y que necesitaba ayuda para invertirlos en Estados Unidos, vía México, sin hacer declaración. Él sabe cómo está la situación en la Argentina. No puedo confiar nada de los lingotes a un funcionario consular de mi país.

—La decisión es suya. Si quiere hacemos cuentas y le regreso el saldo que resulte a favor.

Godofredo Heller Manzini guardó silencio. Por su mente debieron cruzar ideas y escenarios encontrados: los riesgos que iba a correr cuando se encontrara al desamparo en el túnel exportador de ganado; la solución a los problemas económicos de su existencia;

la vida de príncipe en Costa Rica si todo salía bien; y hasta las pesadillas necrofílicas de la noche anterior. Esto último lo hizo salir de su mutismo:

—La otra noche soñé que se me aparecían mi primo Rigoleto —hablaba para sí mismo—, la tía Manzini y hasta Kunze, el alemán. Me llenaban de reproches y me arrebataban los lingotes. Lo peor fue que, después de bañarme con agua fría, y pasar dos horas en vela, al volver a cerrar los ojos ahí estaban ellos, otra vez, como si hubieran resucitado y vinieran por mí. Eso es lo que me tiene desesperado. Ahora sé que nada más fue un sueño, pero cuando lo tuve lo sentí en la sangre, en la carne y en la piel, y eso no cualquiera lo olvida.

Secondat no supo qué contestar. Le sorprendió la confesión. Heller Manzini era humano después de todo. El rostro descompuesto y pálido del argentino, su mirada perdida, parecían hacer más reales los tintes de la tragicomedia. El tipo, además de correr graves riesgos, arrastraba un cargo de conciencia similar al tamaño de la herencia política de Eva Duarte de Perón. Pasaron largos y pesados minutos de silencio y re-flexión. Finalmente la codicia y la arrogancia decidie-ron la cuestión:

—Trato hecho, doctor. Mañana haré el depósito que pide el señor Villarreal. Hay mucho en juego como para andarse con remilgos. Debo hacer mi jugada: el que no se arriesga no cruza el mar. Además, qué me puede pasar, ¿esto es México, no es cierto?

Secondat solamente esbozó una media sonrisa, le dio la mano y le deseó suerte.

La noche que Heller Manzini y el chofer de Villarreal debían recuperar los lingotes del Panteón Francés, Secondat estuvo en su departamento de Polanco con María Inés Martino. Era ésta una atractiva y madura heredera de fincas cafetaleras en la región del Soconusco, Chiapas. Secondat llevaba su juicio de divorcio con un capitalino que se había casado con ella por interés y que, con el pretexto de la separación, intentaba extorsionarla. Después de largas horas de íntimas y llorosas revelaciones, el abogado y la divorciante pasaron de las confesiones de alcoba —usuales en cualquier caso de divorcio— a la acción en la alcoba. No era algo que se ajustara a los cánones de la ética profesional, pero como se trataba de una mujer de cuarenta años, independiente desde el punto de vista económico y gustosa de otorgar su consentimiento, Secondat no tuvo mayores reparos para compensar de esa forma los desaires de Natividad.

A las ocho de la noche, los truenos seguidos de lluvia y granizo, que rebotaban contra las ventanas de su departamento, le hicieron pensar que el rescate de los lingotes no sería fácil. "No hay que ser pesimistas, pensó, mañana a estas horas Godofredo estará en San Antonio, Texas". Y con ese agradable pensamiento se sumergió en el cuerpo de "la señora María Inés" como, hasta entonces la había llamado, según el protocolo.

Dos días después, Secondat revisaba, entre furioso y divertido, un permiso de la Secretaría de Relaciones Exteriores. Las "leyes nacionalistas de los gobiernos emanados de la Revolución" habían establecido que para la constitución legal de cualquier empresa era necesario un permiso previo de esa secretaría. Era una forma de controlar algunas áreas de la actividad económica nacional en donde la inversión extranjera no podía participar: bancos, seguros, fianzas, radio, televisión, transporte aéreo, entre otras. Ninguna empresa podía utilizar una denominación social que no hubiera sido previamente aprobada por la susodicha dependencia. A nombre de uno de sus clientes corporativos —para distinguirlos de clientes como Godofredo Heller Manzini y María Inés Martino— el Bufete Secondat y Asociados solicitó un permiso de constitución legal para una empresa llamada Instituto de Evaluación en Gran Escala, dedicada a prestar servicios académicos para aspirantes a la educación superior. La poco imaginativa burocracia de Relaciones Exteriores había contestado otorgando el permiso necesario para la constitución legal del Instituto de Evacuación (sic) en Gran Escala. Aparte del humor involuntario, ese error significaría recomenzar el papeleo. Cuando al abogado estaba a punto de ganarle la risa, a pesar del natural enojo profesional, Cuqui, su secretaria, llegó con el periódico abierto en la sección de nota roja.

—Dice el licenciado Ayala Martínez que lea esto y que le llame.

ENCUENTRAN A MISTERIOSO ARGENTINO
MUERTO EN LAS AFUERAS DEL PANTEÓN FRANCÉS

Ciudad de México.- Alertados por unos vecinos, ayer por la mañana, los agentes de la patrulla 623015 de la delegación política encontraron en el parque público, frente a la entrada del Panteón Francés, el cadáver de un hombre como de aproximadamente cincuenta años que en vida se llamó Godofredo Heller Manzini. El finado poseía la nacionalidad argentina y se encontraba en México con visa de turista. De inmediato se sospechó que había sido víctima de un robo con violencia. Sin embargo, las sospechas cambiaron cuando se comprobó que no faltaba ninguna de las pertenencias personales del difunto: billetera, pasaporte y reloj. El cadáver no presentaba ningún signo de violencia. Lo anterior fue confirmado horas después por el Servicio Médico Forense (Semefo) que, tras la práctica de la autopsia de ley, dictaminó que el ciudadano argentino había fallecido de un infarto al miocardio. El Semefo informó que ha puesto el cadáver a disposición del consulado de Argentina en México para que se realicen los trámites para el envío del cuerpo a su país de origen.

Horas más tarde Secondat y Ayala se vieron en el Sanborns de los Azulejos, en la calle de Madero.

—El asunto se encuentra en manos de mandos superiores —dijo Ayala.

Se consideró conveniente no enterar a los jefes de que Secondat había intervenido en el asunto. Por lo tanto, éste debía hacerse a un lado y no volver a mencionar el caso pues, en el supuesto de una pesquisa judicial, lo podría comprometer la cercanía del cadáver con la fosa violada y trasegada cuya perpetuidad estaba a su nombre.

—¿Pero qué sucedió? —preguntó Secondat.

—No lo sé —dijo Ayala, esquivo—. Es mejor no saber nada.

El vicecónsul argentino tampoco sería problema. Estaba demasiado consciente de que si se destapaba el batido, se le relacionaría con una transferencia ilegal de divisas, a lo menos. Se encargaría de embarcar el cadáver con destino a la tía Manzini, acompañado de un informe sobre las causas oficiales del deceso, avalado por el Servicio Médico Forense de México. Expediente cerrado.

Algo no cuajaba bien. Secondat supo que no podía hacer nada al respecto. No poseía el poder político necesario para exigir una parte de las ganancias a Ayala Martínez o a Isidro Villarreal. Los lingotes de oro, como había dicho el ahora finado Heller Manzini, podían llegar a valer 350 mil dólares. Si intentaba cualquier acción legal se echaría de cabeza al foso, e inmediatamente saldría a relucir que le había brindado asesoría legal a un contrabandista de oro del Tercer Reich. Pensó en las últimas palabras del argentino, en cómo durante un momento había emergido algo humano de su rostro al referir las pesadillas que lo acosaban. Había sido su decisión, pero Secondat no dejó de sentir cierto remordimiento. ¿La versión oficial del Semefo sería cierta? ¿Infarto al miocardio? Creía conocer lo suficiente a Villarreal como para saber que no sería capaz de cometer un asesinato. Era corrupto como todo funcionario de Aduanas, pero no, ese no era su estilo. Heller Manzini era un hombre muy nervioso, un buen candidato a un infarto. En México resultaba fácil comprar una versión oficial y publicarla en los periódicos. El único hecho seguro era que el sobrino de Kunze, el alemán, ya no disfrutaría de un feliz retiro en Costa Rica, a expensas del oro nazi, rodeado de minas.

Antes de irse, Ayala Martínez le propinó un fuerte abrazo y le susurró:

"Es bueno hacer negocios con quien entiende cómo deben ser las cosas".

En los años que siguieron al caso, Carlos de Secondat supo combinar la práctica corporativa empresarial con litigios especiales y logró desarrollar una sólida firma tipo boutique —como la llamó uno de sus envidiosos colegas— que subsistió con decoro ante el embate de las grandes firmas transnacionales que, gracias al Tratado de Libre Comercio con Estados Unidos, configuraron un voraz oligopolio profesional a partir de la década de 1990. Inclusive logró un sonado triunfo en el muy publicitado caso del Hotel Villa Gardenia de Acapulco, que le valió no sólo unos jugosos honorarios sino la amistad de su cliente, el prestigiado hotelero del puerto, Jimmy Magnus.

Sin embargo, en 1980 había cometido el error de casarse con una mexicana por nacimiento pero inglesa de corazón, Miranda Hatfield Rosas, cuyo padre hacía valer los blasones de vizconde de Hatfield, título conferido a uno de sus lejanos ancestros por la reina Isabel I.

Secondat llegó al matrimonio pleno de entusiasmo. No solamente desposó a una niña bien de las Lomas de Chapultepec, sino a una rubia belleza de ojos verdes que hablaba el inglés y el francés a la perfección y cuya familia tenía una casa de campo en Surrey. Los desengaños llegaron con los años. Miranda era consentida y caprichosa, y odiaba vivir en México, no obstante la posición privilegiada que siempre había tenido.

Por oscuras experiencias de su niñez, Miranda no quiso tener hijos. Al parecer cuando Lord Hatfield se emborrachaba, cada tercer día, las amenazaba a su madre y a ella con una escopeta de caza, llamándolas alternativamente *Mexican bitch and half little indian.*

Miranda atosigaba a su marido para que abandonara la exitosa práctica profesional y pidiera empleo en el Servicio Exterior, para vivir en Europa. No obstante su dominio del español, el inglés y el francés y los aires europeos que solía darse, era poseedora de una incultura abismal y de un espíritu tan superficial que la mayor parte del tiempo lo dedicaba a planear viajes y fiestas.

El divorcio le produjo una sensación de vacío: quince de los mejores años de su vida los había pasado al lado de una mujer que nada había aportado a su existencia y a quien llegó a abominar de manera cordial, no tanto por ser banal y pretenciosa, sino por no haberle dado hijos y, más que eso, por cancelarle la oportunidad de tenerlos cuando contaba con la edad apropiada.

Al divorcio vino a sumarse el peor golpe de su carrera profesional: un cliente al que había defendido con éxito a lo largo de diez años, le interpuso una denuncia penal por un supuesto fraude, con el fin de no pagarle una elevada suma de honorarios. El asunto alcanzó cierta difusión en algunos medios de comunicación. El problema se resolvió porque la denuncia no tenía fundamentos y porque Secondat conocía los negocios sucios del demandante. Pero el daño ya estaba hecho y resultó irreversible.

Solo, sin hijos y desacreditado en su profesión, Secondat pasó por toda la gama de los estados depresivos. Cuando empezaban a acosarlo pensamientos suicidas su viejo y quizá único amigo, el influyente hotelero de Acapulco, Jimmy Magnus, vino en su ayuda. Lo instaló en Acapulco, lo puso en manos de un médico que lo sometió a un régimen riguroso de dieta y ejercicio y le consiguió un puesto como consejero legal del gobierno del estado. A principios de 2004, para garantizarle un pago de marcha y una pensión que lo condujeran decorosamente hasta el final de su vida, había sido designado, siempre con el apoyo de Magnus, Fiscal para Delitos Especiales del Distrito Judicial de Tabares, con jurisdicción en el municipio de Acapulco.

En 2004 vivía en una amplia y bien ventilada casa en la cima del fraccionamiento Costa Azul, desde cuyas largas terrazas podía admirarse la Bahía de Acapulco, incluso por encima de los edificios apiñados en la Costera sin orden ni concierto y que privaban a vecinos menos afortunados del disfrute de una vista que debía ser del dominio público.

El fraccionamiento Costa Azul era de clase media, ni de lejos podía compararse con las tradicionales colonias de lujo: Las Brisas y Playa Guitarrón, o con el nuevo Acapulco Diamante, surgido desde los miradores escénicos de Puerto Marqués hasta Barra Vieja, a causa del reciente *boom* inmobiliario. Contaba con buenas casas de florida vegetación y con ese tranquilo ambiente provinciano que Acapulco ofrece a quienes se salen del corredor turístico. La casa había sido decorada por Marguerite Baldensperger con un presu-

53

puesto más bien reducido, en un estilo mediterráneo que era a la vez elegante y acogedor.

Marguerite había llegado al puerto años antes —tras un tormentoso divorcio en su natal París— como traductora contratada por una convención internacional. Secondat la conoció en un cóctel organizado por Jimmy Magnus. De inmediato congeniaron y se enamoraron. Tras un breve viaje a París para terminar de poner su vida en orden, Marguerite regresó a Acapulco y se instaló a vivir con Secondat sin papeles de matrimonio ni compromisos: una genuina *cohabitation* al estilo francés. A sus 45 años, Marguerite conservaba un sutil aire de belleza juvenil y un estupendo cuerpo que lucía en todo su esplendor gracias a la ligera vestimenta acapulqueña. Tenía una hija de veinte años que poseía su propio piso en París y en ocasiones viajaba a Acapulco para vacacionar.

Las contadas veces que Secondat pasó frente al Panteón Francés, en la ciudad de México, después del caso de los lingotes de oro, un pequeño escalofrío lo sacudió, pues estaba seguro de que a Godofredo Heller Manzini, en su ingenua arrogancia, y en su codicia desbocada, jamás lo había alcanzado la bendición grabada en el arco de piedra que presidía la entrada al enorme cementerio: *Hereux qui Meurt Dans le Seigneur*.*

---

* Feliz aquel que muere en el Señor.

El edén del horror

———•———

Acapulco, 2004.

Todo comenzó un mediodía de enero de 2004 cuando una camioneta de lujo, de fabricación estadunidense, llegó al lugar de los hechos, según pudo reconstruir más tarde Carlos de Secondat. Era temporada alta y el intenso sol hacía más pesado el tráfico en la confluencia de la Diana, el núcleo dorado de la Costera Miguel Alemán. La persona a bordo de la camioneta había llegado semanas antes, junto con otros antiguos compañeros de armas, procedente de Matamoros, Tamaulipas, con el objetivo de controlar la plaza por órdenes de sus jefes, en ese entonces conocidos como el Cártel del Golfo. La misión era delicada e importante. Se trataba de entregar un maletín con 500 mil dólares en billetes de baja denominación a dos policías ministeriales que, según había sido informado, serían el conducto para disparar el dinero hacia arriba a fin de asegurar la protección y complicidad de las autoridades locales.

El hombre sabía muy bien que, como los gringos habían vuelto complicadas las rutas tradicionales del Golfo, Acapulco aparecía en el mapa como un punto vital de acopio y tránsito para la droga procedente de Colombia que llegaba en lanchas rápidas y en submarinos artesanales que transferían su cargamento en un lugar conocido como la "Playa del Olvido". También era el punto de embarque para la droga que bajaba de la Costa Grande y del estado de Michoacán en camiones refresqueros y cerveceros, así como en el interior de vientres del ganado de desecho.

En Acapulco, la droga se almacenaba en casas de seguridad cuyas habitaciones se saturaban con paquetes de cocaína y montañas de dólares en billetes de baja denominación, elementos ambos indispensables para el trasiego del narco. La droga seguía su ruta a la frontera por tierra, mar y aire, pues las posibilidades eran variadas y los recursos, al parecer, ilimitados. El hombre acababa de visitar un taller en la colonia La Garita, cuyos mecánicos habían llegado a tal grado de especialización en los compartimentos secretos para ocultar droga, que habían hallado la manera de insertarla en los motores de automóviles, camiones y motocicletas. Compartimentos que de los enterados recibían el nombre de "clavos" porque se sellaban en una forma tal que aparentaban formar parte de los remaches de los motores.

Por eso la misión encomendada resultaba vital. El Cártel del Golfo no podía seguir operando sin el control de la plaza y sus rutas. Para eso era necesario sobornar, matar y aterrorizar. Se decía que los rivales del Cártel de Sinaloa habían reclutado bandas de maras salvatruchas, pandilleros centroamericanos que habían brutalizado hasta extremos inconcebibles de terror y salvajismo las inmundas cárceles de sus países de origen y los barrios pobres de Los Ángeles. Para el hombre a bordo de la camioneta de lujo que giraba en la Diana, esa era la menor de sus preocupaciones.

Nacido en la pobreza, pronto abandonó el precario oficio de mecánico, donde era aprendiz, para enrolarse en el ejército mexicano donde encontró formación y disciplina. Sus aptitudes lo llevaron a formar parte de los Grupos Aeromóviles de Fuerzas Especiales (GAFES), unidades de élite entrenadas en la célebre academia militar de Las Américas, ubicada en el Fuerte Bening en Columbus, Ohio, Estados Unidos. Ahí aprendió tácticas de asalto en helicópteros, explosivos, guerrilla rural y urbana, planificación de operativos para recolectar información secreta, intervención de comunicaciones, manejo especializado de armas avanzadas: desde un rifle AK-47 hasta bazucas y lanzagranadas.

En poco tiempo estas unidades, gracias al ilimitado apoyo estadunidense, se convirtieron en cuerpos de élite cuya misión sería la de actuar en situaciones extremas que pusieran en peligro la seguridad nacional; por ejemplo: la protección de instalaciones estratégicas y el combate a las guerrillas y grupos subversivos.

El hombre llegó a pensar que tenía un futuro promisorio en el ejército. Pero el presidente Vicente Fox cambió su vida. A su arribo al poder declaró que el narcotráfico no era un problema de seguridad nacional sino policiaco y que, por lo tanto, no constituía una prioridad para el gobierno federal sino para los gobiernos locales. Fox, acosado por el gobierno de Estados Unidos a causa de semejante despropósito, sin planificación alguna, cual era su costumbre, dio un violento golpe de timón y de la noche a la mañana le declaró la guerra al narcotráfico con discursos pronunciados en Tijuana y Culiacán, dos feudos del crimen organizado. Después se dedicó a sufrir derrota tras derrota pues, entre otros errores, mantuvo a la Policía Federal Preventiva (PFP) con tan sólo doce mil elementos y sin recursos suficientes para crecer y profesionalizarse. Cuando las presiones y los cuestionamientos del embajador estadunidense se volvieron intolerables, en un gesto desesperado, producto de su falta de preparación y de previsión, envió a los GAFES a combatir a los cárteles, trastocando por completo su naturaleza y objetivos de carácter esencialmente militar y no policiaco.

El error resultó garrafal. Los capos del Cártel del Golfo vieron que, de pronto, se abría una mina de oro ante sus narices: la ocasión de contar con un cuerpo de élite a su servicio que conociera, a la perfección, las tácticas y estrategias de sus perseguidores. Los acercamientos y sobornos no se hicieron esperar. El hombre se resistió durante varios meses pero, al cabo, ¿qué era para un muchacho nacido en la marginación una vida un poco mejor, pero sujeta a la austeridad, disciplina y obediencia propia de la milicia, frente a espléndidos cañonazos de diez mil dólares mensuales a cambio de hacer lo que de todas maneras tenía que hacer?

Así, de la mano de su comandante, Arturo Guzmán Decenas, alías el Z-1, y en unión de treinta compañeros más, el ahora Z-7 desertó del ejército y formó parte del cuerpo especial de protección del Cártel del Golfo, que se estaba dando a conocer como los zetas.

De ahí que ese calcinante mediodía de enero se dirigiera al punto de encuentro, asignado por su comandante, con la confianza de quien tiene los bolsillos repletos de dólares, disfruta su posición y del clima refrigerado de la camioneta, conducida por un sicario menor, y con el apoyo de dos compañeros kaibiles, desertores como él, pero de una unidad élite del ejército guatemalteco, entrenados también por los yanquis en la ferocidad sin cuartel de la lucha antiguerrilla.

El maletín con los 500 mil dólares reposaba a sus pies.

Mario Maganda y Eric Rosas dejaron al chofer y a la escolta con el automóvil en posición de arranque afuera del pequeño centro comercial ubicado entre la Costera y la playa de La Condesa, pletórica de bañistas a esa hora del día y en plena temporada alta. Por fuera el auto parecía un vehículo convencional de color negro, pero en realidad se trataba de una patrulla especialmente equipada para labores de persecución y fuga. Las instrucciones más sencillas no podían ser: llevar a cabo lo que en términos beisboleros se conoce como una jugada de pisa y corre; o sea: recorrer rápidamente el andador del centro comercial hasta llegar a una plazoleta sombreada por dos enormes arrayanes, identificar al zeta mediante señas previamente convenidas, recibir el maletín, regresar al auto y salir a toda velocidad, con la torreta encendida, hasta la casa del jefe. El tránsito de gente que entraba y salía de tiendas y oficinas haría todo menos obvio.

Mario haría el contacto a la sombra de los arrayanes y Eric vigilaría desde las escaleras de acceso al estacionamiento localizado en la azotea lateral del pequeño centro comercial, a fin de prevenir y, en caso necesario, desbaratar cualquier engaño o tentativa de traición. Algo que no parecía probable, porque los zetas, como buenos militares, tenían fama de ser gente seria que se concretaba a cumplir órdenes sin tomar ningún tipo de iniciativas y sin permitir que la codicia por el dinero los desbordara. Por eso, en esa ocasión, la divisa del día fue el célebre y muy practicado principio de "los arreglos entre chuecos son estrictamente derechos".

Pero las precauciones nunca estaban de más.

Los cuatro maras tomaron el estacionamiento sin esfuerzo alguno. Golpearon, amarraron y amordazaron al encargado de la caseta de cobro, mientras los lavacoches huyeron despavoridos para perderse entre la multitud que bajo el cielo azul cobalto se recreaba en la playa de La Condesa. A ritmo pausado, los maras se escondieron entre los vehículos estacionados frente a la pequeña barda que cae sobre el andador, procurando que el sol no obstruyera las mirillas de sus rifles AK-47.

Era la mejor posición, pues se dominaba la plazoleta de los arrayanes. Esperar, apuntar, disparar y bajar por el maletín negro, pensó Chiloco, el jefe de los maras, sorprendido de lo fácil que estaba resultando el operativo. Su padre se lo había enseñado varios años atrás: en la guerra siempre gana el que tiene los mejores informantes. En la década de los setenta y al inicio de los ochenta del siglo pasado, su padre fue oficial de enlace del ejército salvadoreño, entrenado, por supuesto, por los estadunidenses, en la lucha antiguerrillera contra las fuerzas del Frente Farabundo Martí de Liberación Nacional, entrenadas, a su vez, en Cuba. Al término de la guerra, el mundo relativamente seguro de la familia de Chiloco se vino abajo: el financiamiento yanqui disminuyó, y el padre fue víctima del gobierno derechista que emergió triunfante del conflicto, obligando al retiro a un buen número de militares bajo pretendidos cargos de deserción, y pagándoles menos de la mitad de sus pensiones y haberes de retiro. Ahí, en esa miseria intempestiva forzada por una oligarquía sujeta a los vaivenes del imperio yanqui se encontraba el origen remoto de la mara salvatrucha.

Chiloco había decidido que en su guerra particular contra el mundo, a su ejército no se le acabara la provisión de dólares. Por eso se sentía satisfecho de que él y su grupo, o clica, se hubieran renteado al Cártel de Sinaloa para asesinar rivales, distribuir y proteger cargamentos de droga y, en especial, para organizar venganzas contra sus adversarios en la forma preferida: las decapitaciones que, apenas el año pasado, habían sembrado de terror las madrugadas de San Salvador. Nada en comparación con lo que sucedería en México. El Cártel de Sinaloa daba buena paga y contaba con los mejores informantes. Nada que ver con las luchas pandilleras de San Salvador y Los Ángeles.

Chiloco sintió en su espalda desnuda y plagada de tatuajes el sol candente del trópico acapulqueño. Había que aguantar. Si el informante estaba en lo correcto, todo sería cuestión de minutos.

María de la Cruz salió de la tienda en la que se acababa de comprar unos pantalones ajustados, una blusa escotada y un par de zapatos tipo sandalia con tacones de estilete; el atuendo predilecto de las jovencitas costeñas. Según declaraciones de amigos cercanos, acababa de graduarse en Derecho por la Universidad Autónoma de Guerrero. Trabajaba en una de las notarías del puerto. Abandonada a los diez años por su madre que se había fugado, al parecer a Veracruz, con un hombre mucho más joven y menos borracho y desobligado que su padre, había quedado varada en una modesta casa de tabiques, troncos de ceiba y láminas de asbesto, situada en el barrio popular que sentaba sus reales en las cercanías de la Laguna de Coyuca. Sostenida por la pequeña pensión que su padre había ganado como empleado de limpia del municipio, y por la caridad de sus vecinas, la mayoría de ellas mujeres de pescadores, así como por una determinación poco común, estudió en escuelas públicas hasta llegar a la Universidad estatal en Chilpancingo. Eligió leyes con la idea, cada día desmentida por la terca realidad, de que el derecho es el instrumento idóneo para acabar con las injusticias sociales. Terminó la carrera casi de milagro, sosteniéndose al principio como dependienta y demostradora de una tienda, y después como querida de un profesor de la Universidad con un buen puesto en el gobierno estatal. Su graduación coincidió con un mensaje de la esposa del susodicho: "O te largas de regreso con tu putería a Acapulco o te desaparezco".

A su vuelta al puerto transitó sin descanso por oficinas públicas y privadas hasta que un notario, al fin, le ofreció trabajo. Hasta ese día el único privilegio que en verdad la vida le había deparado consistía en la oportunidad de admirar, desde la pendiente de la calle donde se ubicaba la parada del autobús que todos los días tomaba, las salidas y puestas del sol en el horizonte multicolor y cambiante que se pierde en la línea que a ella le parecía infinita, de la barra que separa la Laguna de Coyuca del mar abierto, entre bandadas de garzas rosas y blancas, y de pelícanos chillones, que también parecen perderse en el horizonte.

Llena de confianza en el porvenir, María de la Cruz salió de la tienda y se dirigió a la plazoleta de los arrayanes. Ansiaba sentarse en la balaustrada para lucir, con las piernas cruzadas, sus sandalias nuevas de tacón alto y afilado. No alcanzó a llegar. Una luz blanca cegó su vista. Después sintió un golpe seco en la frente.

La realidad precisa de los hechos nunca se sabría. Las declaraciones de los testigos presenciales fueron confusas y contradictorias. Estaban aterrados y ninguno se quería comprometer. Los cinco cadáveres fueron la única verdad irrefutable.

Como un simple ejercicio de la imaginación, encaminado a tratar de entender la brutalidad de la guerra que Acapulco empezaba a vivir, Secondat reconstruyó lo acontecido a partir del revuelto expediente de la averiguación previa que, como de costumbre, al cabo de unas cuentas semanas, ya constaba de más de mil fojas: declaraciones contradictorias, dictámenes periciales apresurados e incompletos, informes del Servicio Médico Forense tan grotescos como inútiles e interminables y superfluas actuaciones ministeriales. Podía no ser la verdad exacta de los hechos, pero, al menos, le produjo la sensación de haber logrado una razonable aproximación.

El hombre de la camioneta de lujo, el Z-7, con el portafolio colgando casualmente de su mano derecha, caminó de la entrada norte del andador hacia la plazoleta de los arrayanes. Los kaibiles, portando los AK-47 como si fueran una mera extensión natural de sus brazos derechos, lo siguieron unos pasos antes de ascender velozmente al estacionamiento elevado. Habían reconocido el lugar el día anterior a la misma hora y llegaron a la misma conclusión que los maras: el sitio ideal para cubrir el operativo se situaba en la pequeña barda que caía sobre la plazoleta, al resguardo de los vehículos estacionados. Desde ahí una emboscada resultaría casi perfecta. Los únicos que no pensaron en eso fueron los policías ministeriales Mario Maganda y Eric Rosas.

El ojo entrenado de Z-7 percibió algo inusual: un reflejo intenso de luz que venía de arriba, del estacionamiento. Entrenado para reaccionar al más insignificante de los detalles, Z-7, de manera instintiva, se parapetó en la tienda más cercana, fingiendo interesarse en la mercancía: lencería y ropa interior para dama. A Chiloco lo había delatado el arete de diamantes azules y blancos que portaba con orgullo en la oreja derecha.

Al acceder con sigilo al estacionamiento, los kaibiles descubrieron a Chiloco en posición de tirador. Un disparo certero en el brazo derecho lo obligó a doblarse sobre sí mismo profiriendo el inevitable aullido de dolor. Pero al hacerlo, en la fracción de segundo que por algún designio divino o maléfico coincidió con el impacto, oprimió involuntariamente el gatillo terminando los días de María de la Cruz, sin darse cuenta siquiera de que con ese crimen absurdo y gratuito concluía una larga cadena de asesinatos iniciada años atrás, en lo que quedaba del centro histórico de San Salvador.

Los otros tres maras, al ver herido al jefe de su clica, reaccionaron con la furia habitual y, pensando que tenían en frente a una de las habituales pandillas de los barrios latinos de Los Ángeles, cargaron con sus armas al descubierto, abandonando la protección que les ofrecían los vehículos estacionados. No fueron pieza para los kaibiles. En un santiamén los tuvieron tendidos en el cemento ardiente con las rodillas destrozadas a causa de certeros balazos. Era una táctica clásica de la lucha antiguerrillera que los antiguos militares guatemaltecos aprendieron de un instructor inglés que, gracias a ella, había cobrado cierta notoriedad en el combate centenario y sin tregua contra las fuerzas del Ejército Republicano Irlandés. De esa forma, el adversario queda inutilizado pero con plena capacidad física y mental para responder al más cruel de los interrogatorios. Porque, como decía el oficial inglés, los muertos no suelen hablar.

Cuando Mario Maganda y Eric Rosas avanzaban con cautela por la zona sur del andador, vieron caer sin vida a María de la Cruz. Debido a una reacción instintiva, por encima de la más elemental de las estrategias policíacas, corrieron al lugar de los hechos sin tomar precaución alguna. Pudieron ser fácilmente acribillados, pero Z-7 y los kaibiles, militares de origen, tenían órdenes de evitar, hasta donde fuera posible, enfrentamientos con la policía local. Los clientes del soleado centro comercial corrieron a las salidas que dan a la Costera. Algunos prefirieron refugiarse en la primera tienda que encontraron. Las cortinas metálicas cayeron como si se hubiera anticipado la hora del cierre. Se escucharon gritos y llantos histéricos de mujeres. Rosas se inclinó para reconocer el cuerpo inerte de quien después sabría que en vida se había llamado María de la Cruz, mientras su compañero, Maganda, pistola en mano, trataba de descubrir el origen de los disparos. No dispuso de mucho tiempo. Sin darse cuenta, él y Rosas se encontraron rodeados y encañonados por Z-7 y los dos kaibiles. Al advertir la mirada de fría determinación que Z-7 le lanzó, Maganda instintivamente dejó caer el arma al suelo. El diálogo fue ríspido y al punto:

—¿Con que nos querían tender una emboscada? —dijo Z-7.

—Yo sólo vengo por el dinero —tartamudeó Maganda.

—Nos querían matar a traición, para quedarse con el dinero, sin comprometerse a nada.

—Sí pues, pero yo de compromisos no sé nada. Entienda que a nosotros también nos iban a disparar. Mejor deme el maletín y cuando averigüemos lo que pasó, mi jefe, lo explicará todo. Si hay compromisos, se cumplirán.

—Pídele el maletín a la puta hija de la puta que te parió.

—Tenga cuidado con lo que dice y con lo que hace mi buen. Aquí en Guerrero las cosas se hacen de otro modo.

El tono de Maganda traslucía una mezcla de rabia y temor. Z-7, experto en conocer y jugar con los miedos de sus semejantes, lo captó de inmediato. Fue en ese instante cuando decidió estirar las órdenes sin romperlas. Cuando engallado por el tono intimidatorio que creía haberle puesto a sus últimas palabras, Maganda esperaba recibir una de las respuestas sumisas, y hasta reverenciales, a que estaba acostumbrado como policía ministerial, lo que recibió fue un violento bofetón de una mano curtida por las artes marciales que le hizo botar dos dientes y escupir un espeso chorro de sangre.

—Sus cómplices están tirados allá arriba —dijo Z-7.

Maganda tardó varios segundos en reponerse y en darse cuenta de lo ocurrido. Le hizo una seña a Rosas para que lo siguiera, y ascendió la escalera del estacionamiento a grandes zancadas. En cuanto tuvo a la vista a los maras sobrevivientes, en posición fetal y agarrándose las rodillas, pensó: "Algún hijo de la chingada en la corporación anduvo de bocón; nos iban a matar a todos". Y sin más, les dio el tiro de gracia con su nueve milímetros reglamentaria.

La playa de La Condesa había perdido el glamour de treinta años atrás. Las playas del Revolcadero y del exclusivísimo Tres Vidas habían alejado de sus arenas al llamado *Jet Set* nacional y extranjero. Sin embargo, La Condesa seguía siendo favorecida por turistas de clase media y por gente local que por las mañanas solía utilizarla para correr, darse un chapuzón y admirar el espectáculo incomparable, y de tintes impresionistas, del amanecer en la Bahía de Santa Lucía, como es conocida la Bahía de Acapulco, en remembranza de su pasado virreinal.

Ahí, meses después del tiroteo, los colores del amanecer se vieron turbados por un hallazgo siniestro. Sobre la playa, bañada por las olas, fue descubierta la cabeza cercenada de un hombre, al parecer joven, robusto y moreno, con ojos, labios y carrillos hinchados por la sal del mar, así como con las articulaciones de lo que había sido el cuello dantescamente expuestas, al haber perdido el abrigo del cuerpo del que una vez formaran parte. Horas después se sabría que la testa en descomposición había pertenecido al policía ministerial de Acapulco, Eric Rosas.

Esa misma mañana, las personas que acudieron a hacer trámites y los empleados de la Secretaría de Finanzas del Gobierno del Estado tuvieron otra visión macabra. En la parte superior de la fachada, apareció clavada en las rejillas de protección, la cabeza de otro hombre relativamente joven y también moreno y robusto. Este tenía los ojos cerrados y éstos y los pómulos amoratados; la frente y la boca desdentada mostraban heridas producidas por un arma punzocortante, signos inequívocos de tortura. Las orejas estaban perforadas y exhibían costras de sangre coagulada. Del cuello clavado con exactitud al centro de la pica, manaban hilillos de sangre que contrastaban con la pared blanca. Debajo de la cabeza pendía un paño sostenido con cinta adhesiva que tenía escrito, en letras negras de molde, no sin cierta pretendida elegancia, la que parecía ser la clave de la guerra del narcotráfico acapulqueño:

"Para que aprendan a respetar."

Horas después, el Servicio Médico Forense confirmó que la cabeza en la pica había pertenecido al difunto policía ministerial Mario Maganda.

Secondat se enteró de que justamente después de aquel tiroteo a principios de año, el jefe de Maganda y Rosas los había dado de baja para evitarse más problemas, y les había conseguido trabajo en una empresa de seguridad en Monterrey. Pero no había escapatoria para quienes quedaban al descubierto en el fuego cruzado entre maras, zetas y kaibiles, como el mismo jefe pronto lo descubriría a costa de su vida y del estado permanente de terror en el que, como única herencia, dejaría a su esposa e hijos.

Para el Fiscal de Delitos Especiales este fue el acto inaugural de Acapulco como campo de batalla entre los cárteles del Golfo y de Sinaloa. Su puesto lo mantuvo un poco al margen de esta guerra, hasta que se le vino encima el asesinato de Salvador Núñez de Mendoza, con su inevitable caudal de implicaciones y maledicencias.

La quemazón del sol

—•—

Acapulco, 2004.

Salvador Núñez de Mendoza observaba, como ausente, la fiesta que se desarrollaba en la terraza del restaurante del hotel. Las aguas casi tranquilas y casi azules en nada se parecían al mar de tormenta, iluminado por los relámpagos de la noche anterior, cuando Benito le hizo el amor en la suite presidencial.

Era la comida anual de los empleados, celebrada en el mes de julio para aprovechar la temporada baja. La gente se veía contenta y animada. Comía y palmoteaba al ritmo del trío que, con boleros románticos, hacía las delicias de gerentes, meseros, cocineros, recepcionistas, conserjes, maleteros, amas de llaves, camaristas, galopinas, personal de limpieza y guaruras. El personal se olvidaba de que "cada uno es cada cual", para convivir en sana camaradería, un tanto forzada.

Salvador admiraba la belleza morena de Benito, cuyos músculos afinados diariamente en el gimnasio parecían desbordarse de la camisa blanca que se había puesto ese día. Le causaba conflicto lo ocurrido la noche anterior. Sabía que si dejaba esa pasión desbocarse, estaba en peligro su negocio, su seguridad económica y su imagen de próspero hotelero y respetable padre de familia, pilar de la comunidad empresarial acapulqueña. Por eso no convenía seguir mostrándose condescendiente con Benito y esa mañana, con cualquier pretexto, lo había maltratado verbalmente delante del personal. Lo provocaba para que se enfureciera, y lo forzara a despedirlo con un pago que lo llevaría muy lejos del puerto.

A pesar de la prohibición impuesta a los empleados en lo tocante al consumo de alcohol, Benito se había agenciado una botella de tequila y, sin soltarla, a la vista de todos, cantaba un conocido bolero, abrazado al trío, con voz aguardentosa y los ojos fijos en el patrón, sin importarle las miradas de curiosidad y asombro que se cruzaban los demás empleados.

Salvador era neófito en cuestiones del amor viril. Se le hizo fácil sentarse junto a Jacaranda, la gerente de ventas, e inducirla a que, por debajo del mantel, le acariciara la entrepierna. De esa manera demostraría a Benito que sus encuentros fueron sólo un capricho pasajero del patrón. La reacción de Benito fue desorbitada porque, naturalmente, no entendía que Salvador se le hubiera entregado con tanta pasión y sumisión la noche anterior para desconocerlo al día siguiente, dejándose acariciar, a la vista de todo el personal, por esa perra oportunista e interesada a la que medio Acapulco se había cogido.

Benito se sentía desolado y humillado. Salvador no era solamente su venerado patrón, sino el amor revelado como una manera de ser que correspondía al más íntimo de sus deseos interiores. Por eso no entendía, no aceptaba y no perdonaba la vulgar traición de la que era objeto. Su posición subordinada no le permitía llegar a mayores; tenía que conformarse con cantar canciones de ardido con sabor a tequila. Dentro de él empezaba a crecer una furia contenida que podía estallar en cualquier momento.

Las miradas de Beni eran cada vez más malévolas y cargadas de negros presagios. A pesar del calor reinante, Salvador se estremeció como si del mar hubiese llegado una brisa helada. Beni tenía que comprender que aquello tendría que permanecer oculto y que Salvador debía seguir apareciendo a los ojos del mundo como un hombre enteramente heterosexual, jefe responsable y padre de familia confiable.

Salvador decidió poner pies en polvorosa. Bruscamente apartó a Jacaranda. Tomó del brazo a su mujer, que se encontraba en el otro extremo del salón enfrascada en una charla; llamó a su chofer y se dirigieron hacia su lujosa mansión de Las Brisas.

La noche resultó sofocante a pesar del magnífico aire acondicionado programado para reaccionar al menor cambio de temperatura. Apenas llegaron a la casona, Rosa María, haciendo valer su condición de financiera mayor, lanzó una diatriba en contra de Jacaranda y Benito, a quienes llamó puta y borracho, respectivamente. Los más duros calificativos los reservó para Salvador, al que acusó de falta de autoridad. ¿Cómo era posible que permitiera que un simple empleaducho se emborrachara a costa del hotel en las narices de los patrones? No sospechaba lo de Benito; lo de Jacaranda se lo olía. Para calmarla, Salvador la llevó a la cama y —venciendo la creciente repugnancia que le provocaba el cuerpo de su mujer— la besó y la penetró como no lo había hecho en mucho tiempo.

No pudo conciliar el sueño. Todo le parecía sofocante. Su mujer roncaba a su lado, acurrucada pesadamente. Lo mantenía despierto la conciencia de su inexorable dependencia económica y social de Rosa María, en particular de la familia Villazón, es decir, de su violento suegro; lo absurdo que resultaba ser la relación con Jacaranda que, aunque fuera una amante experta, tampoco dejaba de ser, como su esposa lo acababa de repetir hasta la nausea, una putita interesada. Encima de todo estaba el dolor, cada vez más íntimo y lacerante de haber lastimado sin necesidad alguna a Benito, quien había reaccionado con violencia inesperada. En ese momento, en esa madrugada

76

oscura, sin estrellas y de mar alebrestado, Benito le gustaba más porque intuía en esa violencia la promesa de una pasión que lo sumergiría en las dolorosas delicias del celo y la posesión tan añorados. Tendría que encontrarse a solas con él para convencerlo de que Jacaranda tan sólo había sido un ardid destinado a que nadie se diera cuenta de quién era el verdadero amor de su vida…

A unos cuantos kilómetros de Las Brisas, atrás de las verdes y ondulantes montañas que, con la Carretera Escénica de por medio, descienden del llamado Anfiteatro hasta la ensenada de Puerto Marqués, en un pequeño departamento de interés social ubicado en la populosa colonia Coloso, en vías de transformarse, gracias a la hipocresía política reinante, en "Colonia Luis Donaldo Colosio", Benito Camelo trataba de conciliar el sueño. Lidiaba con una borrachera que amenazaba con convertirse en la resaca que no calmarían ni el vómito autoinducido, ni los analgésicos. El ventilador zumbaba y las bandadas de moscos generadas por los charcos de lluvia y aguas negras que abundaban en las calles casi sin pavimentar, se estrellaban una y otra vez contra la tela metálica de las ventanas.

Benito pasó del enojo a la desolación. Ya había tenido a varios güeritos fascinados por su musculatura morena, pero Salvador era único por la transparencia femenina de su piel, su cuerpo firme y bien moldeado.

Era cariñoso y fino. Lo trataba con delicadeza y parecía dispuesto a cumplirle hasta el menor de sus caprichos. Además, podía sacarlo de pobre. Con el tiempo, estaba seguro de convencer a Salvador de que obligara a su esposa a pagarle la mitad del Hotel Miramar para poner juntos un restaurante de especialidades en la marina de Ixtapa, que se encontraba en plena expansión. De esa manera vivirían el amor sin tapujos ni remordimientos.

Conforme llegó la madrugada, el chef Camelo se convenció de que todo quedaría arreglado. No obstante, entre las sombras de la noche, cada vez más negra por los efectos de la borrachera se le aparecía la imagen de Jacaranda. Benito conocía bien a esas putillas costeñas. Abundaban en la Coloso. Trabajaban de camaristas, meseras, dependientas de comercio y oficinistas. Las más buenas, abusadas y putas llegaban a encargadas o gerentes de algo. Sabía de una madame —amante de un gobernador del estado ya fallecido— que regenteaba uno de los burdeles más exclusivos del puerto con estudiantes, edecanes, demostradoras de perfumes, vendedoras de platería e inclusive aspirantes a modelos. Las prostitutas profesionales estaban terminantemente prohibidas, gracias a la fábrica de carne fresca proveniente de la miseria ancestral de la montaña, de los ejidos sin porvenir y de las secas tierras de agostadero que era la Coloso.

Por eso no había que menospreciarlas, para salir de pobres eran capaces de todo. Si Jacaranda se le metía al patrón con lo que había aprendido y practicado para llegar a gerente de ventas de un hotel de lujo, era capaz de quedarse con el pastel.

"Y si todo falla", pensó Benito, "aún me queda el viejo". Pero esta imagen le causó repugnancia, porque en el fondo, lo que sentía por Salvador era demasiado parecido al amor.

Jacaranda durmió a pierna suelta en la pequeña habitación del hotel reservada a los gerentes de guardia. Su plan era sencillo y se encontraba a punto de concretarse. Como la señora Rosa María ya se olía algo, tenía que llevarse al patrón otra vez a la cama, para volvérselo a tumbar varias veces y después exigirle una sustanciosa indemnización a cambio de no decir nada. Al ser Rosa María la dueña del capital, era capaz de ponerlo de patitas en la calle o de meterle tamaño susto para que se anduviera quieto. Jacaranda vivía segura de que el patrón no pondría reparos. Con el dinero se iría a vivir a Cuernavaca con su novio —musculoso y varonil, y no endeble, pálido y medio mujeril como Salvador— para casarse y poner un negocio. "Adiós Acapulco", pensó alegremente al despertarse. Se sentía cada vez más cerca de no tener que volver a ver a "todos con los que me he tenido que acostar para no morirme de hambre".

Unas horas después, estaba junto a su patrón en la enorme mesa rectangular situada en medio del salón principal del Centro de Convenciones. Asistían a una especie de junta de notables convocada por el secretario de Turismo del municipio. La junta estaba integrada por los propietarios de inmuebles colindantes con la Carretera Escénica: hoteleros, restauranteros, desarrolladores inmobiliarios, propietarios de condominios de lujo, dueños de tiendas y galerías y los cirujanos plásticos que hacían pingüe negocio con las estadunidenses y ricas de la ciudad de México, arreglándoles o arruinándoles, según el punto de vista, los rostros y los cuerpos a la mitad del precio que en Houston.

El propósito de la junta era doble: elevar una petición formal al gobierno federal para que reconstruyera la Autopista del Sol que comunica al puerto con la capital de la República; y encontrar los arbitrios necesarios, dentro del ámbito municipal, para componer la ruinosa Carretera Escénica.

La Autopista del Sol fue inaugurada en 1992, en el supuesto auge modernizador de Salinas de Gortari. El proyecto volvería a posicionar a Acapulco como la joya del pacífico mexicano. Fue una inyección de vitamina pura a la economía del desfalleciente estado de Guerrero; era en apariencia moderna, eficiente, y con logros notables de ingeniería como el espectacular puente sobre el río Mezcala. El trayecto hasta la ciudad de México duraba aproximadamente tres horas y media. Pero para el verano de 2004, la Autopista del Sol era un testimonio viviente de lo que fue el salinismo:

brillante por fuera y hueco por dentro. Fue construida a las carreras por una empresa propiedad de protegidos del gobierno, que en 1996 fue acusada del delito de defraudación fiscal, sin atender a normas y principios de ingeniería civil. En pocos años la reluciente carpeta asfáltica se colapsó por falta de basamentos sólidos, los cortes de montaña se convirtieron en trampas mortales a causa de los deslaves. Lejos de ser un incentivo para la economía del puerto era un peligro para los viajeros. El peaje resultaba muy costoso: ochenta dólares por viaje redondo.

La situación de la Carretera Escénica era igual de desalentadora. Construida en 1951 como una vía municipal para comunicar la zona de la Costera con el aeropuerto, con el transcurrir del tiempo se había deteriorado de manera alarmante, sobre todo como consecuencia del *boom* inmobiliario y hotelero llamado Acapulco Diamante. Carriles dobles que sin previo aviso se convertían en estrechas rúas donde los automovilistas circulaban a paso de tortuga; cruces mortales para cambiar de sentido; baches y deslaves durante la estación de lluvias; ausencia de semáforos y señalizaciones; y un creciente número de negocios sin suficientes cajones de estacionamiento.

Ahora, en el centro del salón se exhibía una impresionante maqueta parecida a Disneylandia, donde se veía una Escénica salida de un cuento de hadas. Enormes pasos a desnivel la hacían parecer de dos pisos.

Los saturados carriles se habían ensanchado sobre las barrancas circundantes sostenidos por pilotes imaginarios volados al mar. Por todas partes se advertían señales luminosas y semáforos en cruces perfectamente delimitados. Bellos automóviles en miniatura circulaban por la inmaculada carpeta de cartón. El secretario de Turismo sonreía con beatitud. Lo único que la maqueta no pudo capturar eran las vistas inolvidables que el mar entrega a los viandantes a todas horas, y en especial a la puesta del sol.

Un funcionario pidió a los asistentes que expresaran su opinión con libertad. Hubo aplausos, elogios y promesas de apoyo. Un grupo moderado integrado por quienes llevaban años de hacer negocios en el puerto, sin descalificar el proyecto, pidió que se hiciera por etapas, debido a la conocida escasez de recursos municipales. Primero se debían avocar a lo esencial: la carpeta asfáltica y evitar los deslaves, luego debía mejorarse la señalización nocturna, pues la Escénica era el espacio de la vida nocturna, siempre propensa a conocidos excesos.

Jacaranda se aburría mortalmente con las explicaciones y se impacientaba con la pasividad de Salvador, quien no reaccionaba a sus provocaciones. Parecía pasmado, en estado catatónico, y eso no entraba en los planes de la gerente de ventas. Decidida a despertarlo, le susurró al oído:

—Esto está aburridísimo, mejor llévame al hotel.

Benito Camelo se despertó entre los vapores de la borrachera y la cruda incipiente, decidido a tener una explicación definitiva con Salvador. O lo dejaba todo para irse a vivir con él a Ixtapa, para establecer el restaurante con el que siempre había soñado, o tendría que atenerse a las consecuencias. Aún enfebrecido por el tequila, se bañó, se vistió y guardó en la bolsa derecha del pantalón la pistola calibre 38, un objeto habitual para los que moran en la conflictiva y violenta Coloso.

En el pequeño automóvil utilitario, comprado gracias a un crédito bancario en el que Salvador Núñez de Mendoza fungió como avalista, se trasladó al Hotel Miramar para averiguar dónde se encontraba su patrón. El conserje le dijo que acababa de verlo entrar en la oficina.

Cuando se dirigió por el pasillo que conducía a la gerencia los vio salir: Salvador se acomodaba la camisa y, detrás de él, Jacaranda retocaba sus labios frente a un estuche de maquillaje. Benito titubeó por un momento, el mismo que Salvador y Jacaranda utilizaron para huir de él por el pasillo, rumbo a la puerta de emergencia que daba al estacionamiento.

—Los voy a matar —murmuró Benito, aunque apenas se movió, impedido por la ira.

Los ojos llameantes de Benito aterrorizaron al dueño del Hotel Miramar. Tomó conciencia de que estaba a punto de perderlo todo, Benito no era una persona fácil de controlar. Su esposa, Rosa María, podría aceptar la aventura con Jacaranda. Su suegro se concretaría a sonreír: "Se más discreto y la próxima vez agárrate a una que no trabaje en el hotel". Pero lo de Benito no tendría perdón de Dios. La sola posibilidad de que la única hija de la poderosa y conocida familia Villazón estuviera casada y hubiera tenido hijos con un "jotete desgraciado", liado con el jefe de cocina, resultaba demasiado grave como para siquiera contemplarla. No habría de otra más que mandar matar al "pinche puto" y echarle tierra al asunto bajo el habitual parapeto del "no aclarado" secuestro guerrerense que terminó mal porque los familiares no quisieron pagar la extorsión. No había alternativa. Por mucho que lo quisiera, debía huir de Beni, darle dinero suficiente para prevenir un posible chantaje y replegar su verdadera naturaleza para una ocasión más propicia. Aconsejado por el pánico abandonó los propósitos que, en horas de la reciente madrugada, había formulado y, sujetando a Jacaranda por el brazo derecho, se alejó de la escena para evitar una confrontación y así ganar un poco de tiempo. No podía dejar a Jacaranda a merced de Benito, que parecía dispuesto a matar. A pasó veloz cruzó la puerta de emergencia y subió a Jacaranda en el lujoso sedán de fabricación alemana, de su propiedad.

Una vez repuesto, Benito reaccionó con la rápida incongruencia que propicia ese estado intermedio entre la borrachera y la cruda y actuó en consecuencia.

Con la seguridad de que no solamente había sido traicionado sino burlado vilmente y de que Jacaranda estaba a punto de ganar la partida, no tuvo otro pensamiento que no fuera la venganza. Abordó su auto y dio alcance a Salvador en la prolongación de la Carretera Escénica, oficialmente denominada Bulevar de las Naciones, aunque en época de lluvias era popularmente conocida como "el Bulevar de las Inundaciones". Como ahí no era posible hacer nada por lo estrecho y cambiante de los carriles de circulación, lo siguió a prudente distancia. Cuando se percató de que el coche de lujo se desviaba a la Autopista del Sol, sonrió satisfecho. Ahí sería más fácil desviarlos a un lugar descampado y pegarles el susto de sus vidas: para que Salvador saliera del clóset de una vez por todas y Jacaranda se largara del puerto.

Les dio alcance a la vera de la exuberante y verdísima vegetación tropical, cerca de un camino de terracería destinado a transportes de carga proveniente de la Laguna de Tres Palos. Los forzó a estacionarse con una maniobra del automóvil.

La mente de Benito reaccionaba con aparente lucidez, pero sus movimientos eran lentos y torpes. El alcohol y la venganza rara vez han hecho alianzas fructíferas. Se acercó al lujoso sedán de Salvador.

—Abre la ventana —ordenó, con la pistola amartillada.

Su plan era disparar al interior de la cabina sin herir

a nadie, sacar a Jacaranda del auto, arrastrarla del cabello, golpearla varias veces con la pistola y arrojarla inconsciente a la cuneta de la autopista. Acto seguido se llevaría a Salvador al Hotel Miramar para, en la comodidad y discreción de la suite presidencial, tener juntos la explicación definitiva con la señora Rosa María.

Nunca supo que lo afectó más: la visión de Jacaranda que abrazaba protectoramente a Salvador o la luz del sol que pareció quemarle la vista. El hecho es que Benito Camelo disparó sin ver. El disparo destrozó la femoral derecha de Salvador y las venas adyacentes por las que corre el flujo de la vida: la iliaca y la safena —como más tarde pudieron comprobar los peritos— provocando un aluvión de sangre que bañó el rostro de Jacaranda.

Como luego confesó Benito, la visión de la sangre lo volvió a la realidad y le bajó tanto la borrachera como la cruda. Pensó que había matado a Jacaranda. Con la luz del sol quemándole los ojos, arrojó el arma, abordó su automóvil y se lanzó a toda velocidad a una alocada carrera rumbo a Chilpancingo, en donde pensaba refugiarse, en los bajos de una cantina propiedad de un viejo amigo que operaba al amparo del inmejorable nombre, dadas las circunstancias, de "La Crudalia".

Jacaranda, aterrorizada, pero con la presencia de ánimo propia de las mujeres logró detener un camión cargado de materiales e hizo que los choferes la trasladaran a ella y al agonizante Núñez de Mendoza a la caseta de cobro, a ocho kilómetros de distancia. Una patrulla de la Policía Federal pidió el apoyo necesario. Benito Camelo fue detenido antes de cruzar el puente sobre el Río Papagayo, a unos cuarenta kilómetros del puerto.

La ambulancia de la Cruz Roja de Acapulco arribó con prontitud sorprendente. Salvador Núñez de Mendoza fue llevado al mejor hospital del puerto. Los paramédicos hicieron lo posible con el excelente equipo de la ambulancia. Pero el lento y pesado traslado previo en un camión sobrecargado de materiales de construcción cobró su cuota de muerte. Cuando llegó la Cruz Roja, Salvador se encontraba prácticamente desangrado. Murió en la ambulancia que apagó su sirena para no complicar más el caótico tránsito de la Escénica.

Benito Camelo, ya en prisión, declaró que "no había querido matar a nadie, sólo darle un susto a la putilla esa". El fiscal especial que se hizo cargo del asunto, Carlos de Secondat, lector atento de Albert Camus, le dio la razón al concluir que, tal y como había ocurrido en una playa de Argel a *Meursault*, el lúcidamente absurdo personaje camusiano, se había tratado de un homicidio preterintencional, provocado por la así llamada "quemazón del sol".

Antropología costeña

———•———

Acapulco, 2004.

—Esta mañana me llamaron de la embajada para pre-
guntarme si estaba bien y si no necesitaba ayuda
para repatriarme.

—¿Por qué?

Marguerite Baldensperger estiró sus largas y bron-
ceadas piernas en el lecho y abrió el cajón del buró
para encender un cigarrillo.

—Es lógico, con lo que publican en los diarios de
la ciudad de México, los de la embajada piensan que
los franceses de Acapulco vamos a quedar atrapados
en el fuego cruzado.

Carlos de Secondat emitió un largo suspiro y besó
a su compañera en el cuello. Sintió el sabor a sal de mar,
perfume y sudor. Las noticias no podían ser más desalentadoras. Los narcotraficantes no conocían los límites de

la violencia. Primero fueron las cabezas de los dos policías municipales, una de ellas clavada en las rejas de la administración local de impuestos, como si se tratara de la Torre de Londres en tiempos de Enrique VIII. Luego, un capitán de la Marina a cargo de la inteligencia naval del puerto fue secuestrado junto con el jefe de seguridad del presidente municipal. Dos días después, sus cuerpos mutilados fueron encontrados en un camión de redilas abandonado en una calle cercana a la Costera. En todos los casos los mensajes dejados fueron idénticos: "Para que aprendan a respetar, traidores."

—Además, están ahora aquí Justine y Nadine. Soy responsable de las dos. Lo he pensado seriamente. Tal vez lo mejor es que regrese.

Durante tres años la relación había sido ardorosa pero fría. Sin papeles, compromisos ni promesas. El amor podía acabarse en cualquier momento, por cualquier causa: el hastío, una nueva pareja, una mejor oportunidad de trabajo y ahora hasta por razones de seguridad personal. Acababan de hacer el amor de manera distendida y magistral, y la posibilidad de que Marguerite regresara a Francia por culpa de una guerra de narcos enrarecía el recuerdo de lo ocurrido minutos atrás.

—Tienes que decirme la verdad —dijo Marguerite—, ¿qué está pasando?

Secondat vio el miedo en sus ojos y optó por enfrentarla de la manera más objetiva posible. ¿Cómo explicarle que hasta hace unos cuantos años Acapulco

90

fue ajeno al tráfico de drogas? Estaba fuera de las rutas tradicionales. Las drogas se producían en Colombia, Bolivia y Perú y se enviaban a los puntos fronterizos de México con Estados Unidos.

—¿Qué está pasando? —insistió Marguerite.

—Es una guerra por el control de la plaza.

—¿Y por qué es tan importante?

Secondat suspiró, no quería detenerse en tecnicismos.

—Al menos dime si existe el riesgo de que nos pase algo.

—Honestamente no lo sé. Creo que estamos seguros mientras nos mantengamos en Acapulco Diamante, o en la Costa Azul, que son lugares seguros por el momento. Lo que llaman el Acapulco Viejo, ahí es donde está la guerra; la Playa del Olvido es el punto de embarque y desembarque de estupefacientes. También son peligrosos el centro y los barrios populares.

Secondat hizo un esfuerzo por ser honesto, aunque eso significara poner en alerta a Marguerite que, a pesar de los años en México, y aunque se había adaptado a la sociedad acapulqueña, sentía el miedo del extranjero de vivir en un territorio hostil cuyos códigos aún eran desconocidos:

—Todo puede cambiar de un momento a otro.

—¿Qué?

—Los narcotraficantes pueden cambiar de un día para otro los puntos de embarque, los procedimientos.

Entonces los escenarios de los campos de batalla pueden moverse a la Escénica, los campos de golf, las marinas y las playas de la Zona Diamante.

—¿Y tu procuraduría no puede hacer nada?

—¡Qué va a hacer! Heredamos un problema que ni siquiera es nuestro sino del gobierno federal. Qué puede hacer un gobierno local acosado por demandas sociales y con un presupuesto limitado para enfrentarse con organizaciones criminales que tienen a su disposición billones de dólares.

Marguerite, lentamente, levantó su estilizada y atractiva figura, y se dirigió al cuarto de baño. Regresó al poco tiempo duchada y perfumada para entregarle a Secondat otra larga sesión de sexo. Cuando terminaron, ella dijo:

—Me quedo porque eres sincero. Si me hubieras rogado tomo el primer vuelo a Francia.

Cuando Marguerite salió de la habitación, Secondat se dio un baño y después se afeitó. Miró en el espejo su rostro cansado, al que la vida le había dado varias vueltas. Pensó en aquellos detalles técnicos que no le podía decir a su compañera, cuya preocupación era su seguridad, la de Justine, su hija, y la de Nadine, amiga de esta última. Un campo de batalla como Acapulco era imposible de entender sin las implicaciones globales y regionales.

Como de costumbre todo era culpa de los gringos. Tienen el mayor mercado del mundo y en vez de combatirlo de manera directa le echan la culpa y la responsabilidad a los demás. Forzaron a México a cerrar las rutas tradicionales de la frontera, la cual tienen militarizada. Saturaron los cayos de la Florida con aviones espías, en permanente comunicación con la patrulla naval, hasta que hubo más decomisos y narcos en las cárceles que ganancias en las calles de las ciudades gringas, lo que ocasionó que al cerrarse las rutas del Golfo se abrieran de inmediato las del Pacífico mexicano. Para colmo hubo problemas entre los narcos colombianos y mexicanos. Estos últimos se hartaron de ser únicamente distribuidores. Así pues, decidieron poner sus propias procesadoras, sin abandonar la distribución colombiana, para tener lo mejor de ambos mundos; procesadoras en cuevas y túneles en la Sierra Madre Occidental desde Sinaloa hasta Michoacán.

¿Por qué precisamente Acapulco? Por sus facilidades portuarias y de almacenamiento. Todas las madrugadas se cargan lanchas rápidas de gran alcance que usualmente escapan a los radares. En un par de días depositan la droga en fondeaderos secretos cerca de Ensenada, Baja California, o en recovecos desiertos entre Baja California y Sonora. De ahí a Mexicali y Tijuana o San Luis Río Colorado, donde pasa la frontera de Sonora a Arizona y California. Parte del cargamento se tira al mar en paquetes con flotadores para ser recogidos en pequeñas embarcaciones de pescadores que los llevan a las playas sin vigilancia de Jalisco, Colima,

Nayarit, Sinaloa y Sonora, en donde otros traficantes disfrazados de campesinos los trasladan en avionetas y por tierra a otros puntos de la frontera.

¿Pero por qué Acapulco y no Puerto Vallarta, Manzanillo o Mazatlán, más cerca de la frontera? Secondat recordó un informe confidencial que el Procurador de Justicia del Estado guardaba en una caja fuerte. Fue obra del ex gobernador aquel. Se le hizo fácil vender el control de la plaza primero a un cártel y después a otro. Como ya iba de salida, para él todo fue ganancia. Hijo de su puta madre.

Secondat se recargó en uno de los sillones de la terraza con una copa de vino tinto y un habano recién encendido.

—Carlos: —dijo Marguerite. Su voz sonaba cansada, pero alegre después de tomar la decisión de quedarse— En la cena quiero que platiques con las niñas sobre las precauciones que deben tomar. Quieren ir a ese par de antros, el Imaginaria y el Papagayo. Sé muy estricto con ellas. Ya ves lo que se dice sobre muchachas drogadas, violadas y abandonadas en la playa. Estoy angustiada. Dicen que quieren ir a una investigación "antropológica".

—Por supuesto *chérie*, pierde cuidado.

Con un ligero beso en los labios, Marguerite se separó de su transitorio compañero de vida y fue a cambiarse para la cena. Secondat saboreó el vino (como siempre la selección de Margot no había sido buena sino exquisita) y se puso a reflexionar. En los años setenta Acapulco alcanzó fama mundial, merced a la mariguana manufacturada con la semilla y el cáñamo (*cannabis sativa*) de las sierras de Oaxaca y Guerrero. Este estupefaciente se llamó *Acapulco Gold* a nivel internacional; con el tiempo se volvió de diversas procedencias; pero las modas cambian generalmente para empeorar. Los noventa trajeron el consumo en gran escala de cocaína y el arranque del siglo XXI el éxtasis. Las discotecas o "antros" de lujo de la Escénica y la Costera se volvieron genuinos centros de distribución. Imaginaria y el Papagayo eran famosos por eso. En los baños, la cocaína se consumía y se vendía al por mayor y los meseros traficaban con tachas —pastillas azules de éxtasis con figuras impresas para identificar a la banda suministradora— sin más precaución que esperar una señal o ciertas palabras del cliente.

En cuanto a las historias de horror que angustiaban a Marguerite, Secondat tenía la impresión de que se trataba más de una leyenda urbana que de una realidad palpable. No había pandillas de meseros dedicadas a disolver narcóticos en las bebidas de las muchachas para ponerlas a disposición de determinados clientes. Los dueños de los negocios ejercían sus propios controles que en ocasiones podían ser feroces. Tal fue el caso de un conocido cadenero —el que franquea el paso a las discos, favoreciendo a los blanquitos con aspecto de riquillos por encima de los prietos con aspecto de jodidos— acusado varias veces de drogar jovencitas para su disfrute personal y por encargo de clientes importantes. Su cadáver apareció flotando en la Laguna de Tres Palos semidevorado por moscos, peces y aguamalas. La autopsia reveló que, antes de morir, fue castrado y violado en forma tumultuaria. Las autoridades, patrones y asiduos de las discos al fin durmieron tranquilos y se aliaron para echarle tierra al asunto. No era cosa de dejar que un cadenero matara a la gallina de los huevos de oro.

En la cena, Marguerite sentó a Secondat entre Justine y su amiga. A juicio del fiscal, la fealdad de esta última contrastaba con la belleza de la primera. Justine poseía finas facciones, cabello negro y lustroso, mientras Nadine tenía facciones regordetas, asentaderas que parecían el paraíso de las inyecciones y el cabello pajizo. Desde el otro lado de la cabecera, Marguerite, con discretas señas, le pidió a su marido por *cohabitation* que cumpliera lo prometido minutos atrás en la terraza. Secondat observó las luces de la bahía que se proyectaban contra el cielo negro de tormenta tropical y veraniega que parecía amenazar el tranquilo vaivén de tres enormes cruceros, dos surtos en el muelle fiscal y el otro esperando su turno.

—No tomen ninguna bebida que no sea servida directamente de una botella cerrada y en su presencia; no permitan que nadie, repito nadie, por decente que se vea, les invite o les ofrezca un trago. Si se levantan al tocador no dejen nada sobre la mesa, ni bolsa, polveras o vasos; lo mismo si se ponen a bailar. No intimen con meseros, disc jockeys o cadeneros. Si tienen algún problema, muestren mi tarjeta con los datos de la fiscalía especial. Eso espanta a cualquiera, a menos de que esté muy borracho, drogado o sea un imbécil. A las tres de la mañana en punto, tomen el taxi que les estará esperando, el mismo que las llevará a Imaginaria y al Papagayo, y se vienen derechitas de regreso a la casa.

Justine asintió con la actitud de quien quiere ahorrarse problemas y discusiones. Nadine respondió con sonrisa cínica y con voz de marcado sarcasmo:

—¿Y si nos ofrecen drogas con señas y palabras que no entendemos?

"Hazte la graciosa, gorda *Nalgodín* —pensó Secondat— como sabes que nadie va a invitarte un trago".

Las jóvenes, para alivio de Margot, regresaron después de las tres de la mañana sin incidentes que reportar aunque algo ebrias. Secondat, tranquilo, se hundió en un pesado sueño. A las seis y media se despertó sobresaltado. Había perdido el contacto físico, simple roce o tenue caricia, al que Margot lo había acostumbrado desde que empezaron a dormir juntos. En vano la buscó en la cama y en la recámara. La encontró en cuclillas en la terraza abrazada a una franela ligera, contemplando, absorta, el incipiente amanecer. Cuando lo vio, lo bañó con una mirada vacía, carente de calor y de sentido. Fue una fría confesión. A Secondat le pareció evidente que los términos de enamoramiento que habían fijado al inicio de su relación —objetivos y calculados de antemano para atenuar futuras heridas y decepciones— empezaban a surtir efectos. Margot se alejaba de él. Algo se había roto en el alma de su compañera con un simple mensaje de la embajada francesa. ¿Hastío? ¿Rutina? ¿La inseguridad e incertidumbre que permeaban la vida acapulqueña? ¿Ese calor infernal de trópico que no da tregua, año con año? ¿La nostalgia por la vida parisina que la visita de Justine le había hecho evocar? ¿La idea de que no había futuro en un país sin ley? ¿Ese ambiente de Acapulco plagado de adicciones que, en una noche, podía acabar con el porvenir de una jovencita? Lo mejor era retirarse y dejarla sola con los ojos llenos de mar, aurora y tristeza. A los pies de Margot estaban regados los periódicos del día, que la fiscalía le hacía llegar muy temprano cada mañana. No había periódico que no destacara en gruesos titulares la noticia del asesinato de Salvador Núñez de Mendoza. Sonó el teléfono. Carlos de Secondat ya sabía de qué se trataba.

Conversación
en el Villa Navona

———•———

Acapulco, 2004.

Por la llamada del Procurador de Justicia del Estado, resultaba evidente que el homicidio de Salvador Núñez de Mendoza empezaba a tirar de los hilos más altos del poder local. No era para menos. La conducta del conocido hotelero ponía en el ojo del huracán a don Florencio Villazón, padre de la esposa burlada y cacique inmobiliario del puerto. Aunque los periódicos hablaban de un "abominable crimen pasional", la rueda de los rumores estaba en marcha. Se decía que el viejo Florencio le había pagado al cocinero y a la gerente de ventas para que entre los dos embaucaran a su yerno y lo mataran; que el suegro siempre supo que Salvador era estafador y homosexual; que se había hecho de la vista gorda para cumplirle el gusto a su hija y ahora no sabía dónde esconder el rabo. También se decía que Salvador y su suegro lavaban dinero del narco en el hotel y que el asesinato fue un ajuste de cuentas disfrazado de crimen pasional. Uno de los rumores favoritos era que la esposa engañada había ordenado el asesinato al descubrir que a su marido le gustaban los hombres.

Secondat entendió que, como fiscal especial de Acapulco, debía tomar al toro por los cuernos. No tanto para esclarecer el asesinato, bastante obvio, sino para detener a tiempo las corrientes subterráneas de lodo que vinculaban cualquier hecho notorio con el narcotráfico y su estela abrumadora de impunidad.

El objetivo trazado por el procurador no dejaba mucho espacio a la imaginación. Se debía circunscribir la averiguación previa a los actos y conductas de los tres involucrados: Benito, Jacaranda y Núñez de Mendoza; tipificar el delito que resultara, inclusive si era del tipo preterintencional; y consignar de inmediato a los culpables sin tocar a la familia Villazón, evitando mezclar el caso con ociosas líneas de investigación en torno al narcotráfico.

Era lo más aconsejable dadas las circunstancias que coincidían con el desánimo profesional que abrumaba a Secondat desde décadas atrás. Estaba en presencia de una de esas costras a las que entre más le rascara más pus acabaría arrojando hasta contaminar a medio mundo. Lo mejor era limitarlo todo al contexto del crimen pasional y darle al público lo que quiere: sexo extramarital, celos, ambiciones y venganza. Carnada más que suficiente para mantener saciada a la bestia de la opinión pública sin tocar las redes del narco.

A cambio de la obediencia al procurador, Secondat pediría que le quitaran algunos expedientes engorrosos de su escritorio.

Como el caso del yate, en donde aplicaba el más sólido de los argumentos jurídicos: la ley no protege a los pendejos.

—¿Qué pasó, señor fiscal? ¿Ya me va a entregar mi yate?

La voz del arquitecto Justino de los Santos resonó con displicencia y pedantería en la enorme y casi desnuda oficina de Secondat. De mediana estatura, calvo, facciones finas, complexión robusta y aire de suficiencia, De los Santos representaba como nadie al odioso capitalino que, años atrás, se había apoderado de las mejores propiedades de Las Brisas y Acapulco Diamante, así como de sus nuevas y exclusivas marinas. Era heredero de una fortuna, director de un acreditado despacho de arquitectos, así como huésped frecuente de revistas de diseño y de la "alta sociedad".

—Dudo mucho que el yate sea de su propiedad, arquitecto —fue la réplica de Secondat.

—Espero que el cónsul inglés haya entregado pruebas contundentes. De lo contrario, tendremos que seguir graves acciones legales —terció el abogado

Agustín del Valle, rechoncho, mofletudo y alambicado sujeto, célebre por perezoso e inepto. Sostenía una lucrativa práctica profesional gracias a su verborrea sin límites y a sus excelentes conexiones en los medios empresariales y políticos. Estas últimas tendía a exagerarlas y a sacarlas de contexto.

—No está usted para saberlo ni yo para decirlo, señor fiscal, pero ayer estuve en Los Pinos y comenté el asunto con el señor consejero de Seguridad Nacional. Es probable que mañana el gobernador reciba una llamada. Más vale que el cónsul sepa de qué está hablando.

Hace unos años esa amenaza habría producido algún efecto, pero en el año del Señor de 2004, la presidencia de la República estaba en manos de la pareja formada por un ranchero rico del Bajío, ignorante, dicharachero y sin carácter, y por una catrina de pueblo con más ambiciones que sesos. En menos de cuatro años habían llevado la investidura presidencial al nivel más bajo de su turbulenta historia. Secondat esbozó una amplia sonrisa para darles a entender a los visitantes de la capital que, en el Acapulco de la oposición y del desmadre generalizado, las amenazas que tuvieran a Los Pinos como denominación de origen servían para lo que se le unta a la mantequilla.

El cónsul británico tan mencionado era flaco, desgarbado y pelirrojo, hablaba tartajosamente el español mediante traducciones literales del inglés. Había venido a México a fines de los años setenta como técnico de la British Petroleum. Jubilado, casado en México, se había enamorado de Acapulco, donde asumió el cargo de cónsul honorario. Su boda con Maruca Solís lo había convertido en una pequeña celebridad local, por tratarse de una conocida bailarina de ritmos afrocubanos que llegó a ser dueña de su propio cabaret: el Tonga-tonga. La fama sexual de Maruca había hecho que el cónsul fuera conocido en el puerto como "culito feliz". Las razones del apodo eran tan oscuras que solamente los enterados, entre risotadas, las comentaban.

—Aquí hay una copia del expediente de la Jersey Overseas —dijo Secondat—. Les voy a hacer un resumen.

—Excelente, para salir de dudas —dijo el arquitecto De los Santos con el peculiar acento gangoso que en México se usa para tratar de denotar una pretendida superioridad de clase.

—De acuerdo con estos documentos —prosiguió Secondat, sin dejar de sonreír— el arquitecto adquirió en el puerto de Balboa, Panamá, el yate de lujo *Sea Fortune,* de bandera y matricula panameña, perteneciente al consorcio británico Jersey Overseas Ltd., con domicilios registrados en Londres y en la isla de Jersey. El precio total fue de 600 mil dólares, de los cuales se pagaron 300 mil por adelantado. El saldo se comprometió a través de una carta de crédito emitida por el Banco Nacional de Panamá, sujeta a confirmación y aceptación por parte del Westminster Bank de Londres. El agente en Panamá presentó la carta de crédito al capitán del puerto de Balboa, quien hizo entrega de la posesión material del yate. En los términos del contrato, retuvo la matrícula y el certificado de navegabilidad hasta que la carta de crédito se pagara. El agente panameño, sin esperar el aviso de pago, se trajo el yate a Acapulco y aquí, entre la capitanía del puerto y la aduana marítima, lo detuvieron por contrabando, al carecer de los documentos oficiales.

—Mi cliente no ha cometido ningún delito —interrumpió Agustín del Valle.

Secondat lo miró con aire satisfecho de superioridad profesional y le aclaró:

—Licenciado, si se toma la molestia de estudiar la Ley aduanera descubrirá que el contrabando puede ser tanto delito como infracción administrativa. En este caso, estamos en presencia de una infracción de contrabando cometida cuando se presenta ante la aduana una mercancía sin la documentación que permite su importación al país. El problema se resuelve al presentar los documentos faltantes, pagando los impuestos de importación y una multa equivalente al 200% de estos últimos. Jamás he usado la palabra delito.

Del Valle enrojeció, tartamudeó, le sonrió a su cliente y respondió:

—No viene a cuento la situación aduanera del yate. Lo que estamos reclamando es el fraude que los ingleses cometieron en perjuicio de mi cliente. Es lo que el señor fiscal me debe informar. Lo de la aduana lo arreglo con Paco el de Hacienda.

Secondat prosiguió:

—Cuando el yate quedó detenido, usted, arquitecto, en vez de arreglar el problema con los ingleses para la liberalización de los papeles, vino a esta fiscalía a denunciar un fraude que sólo existe en su imaginación. Alguien le dio un mal consejo —dijo mirando a Del Valle— y le hizo creer que con semejante denuncia se iba a ahorrar 300 mil dólares. Pero se equivocó por completo. Aquí tengo la constancia expedida por el Westminster Bank of London, certificada por el cónsul general de México en el Reino Unido. La carta de crédito no se pagó porque usted la detuvo con una orden de *stop payment*. Esto borra cualquier asomo de fraude y le revierte el problema. Tenga cuidado.

Del Valle iba a hablar pero su cliente lo interrumpió con cierta brusquedad:

—¿Qué me aconseja?

—No es mi papel, pero le aconsejo que haga lo correcto. Pague lo que debe a los ingleses, los impuestos y las multas. Disfrute de su yate sin complicaciones. Ya viene el otoño, una época espléndida para navegar.

—¿Qué va a hacer con mi denuncia?

—Previo acuerdo con el procurador, voy a decretar el no ejercicio de la acción penal y a girar un oficio a la aduana marítima para que continúe con el sumario administrativo. Es lo que me corresponde por ley.

Agustín del Valle intentó replicar:

—Eso no es posible porque…

—Gracias por su tiempo, señor fiscal —dijo terminante De los Santos.

Con pasos apresurados y firmes se dirigió a la puerta seguido de la verborrea de su abogado. Una vez cerrada la puerta Secondat escuchó varias veces las palabras: aduanas, Paco y Los Pinos.

Secondat recibió en Navidad una tarjeta de agradecimiento acompañada de un cronómetro marino de prestigiada marca europea. De los Santos tuvo el buen tino de enviar el regalo a su casa, porque si lo hubiera hecho a las oficinas de la fiscalía, el destinatario habría recibido la caja y hasta el moño, pero el fino reloj se habría perdido en el camino.

Liberado del asunto del yate, Secondat se concentró en el homicidio de Salvador Núñez de Mendoza. Revisó a fondo la evidencia: el peritaje balístico, la autopsia y el levantamiento físico de los hechos. Interrogó por largas horas a Benito Camelo, Jacaranda y Rosa María Villazón. Nada le permitió modificar el enfoque original: crimen pasional motivado por celos, ciertos intereses económicos y un descontrolado afán de venganza. El crimen se tipificó como delito preterintencional, debido a que Secondat llegó a la convicción de que Benito trató de asustar a su patrón, perdió el control de sus actos y de la simple amenaza pasó al homicidio con agravantes. La preterintencionalidad era manifiesta porque el resultado fue más allá de la intención original del sujeto.

Benito Camelo resultó ser un individuo de acusadas facciones guerrerenses que, como buen oriundo de la montaña, hablaba por dentro de la boca, cantando y cortando las palabras. Durante sus primeros años en el puerto, Secondat sufrió para entender ese español mezcla de los vientos guturales de la sierra con el sabor de la costa, pero ahora lo captaba sin el menor esfuerzo. Camelo hizo estudios de educación física en un instituto público de Chilpancingo. Su vida en Acapulco la inició como profesor de deportes en una escuela secundaria. Después se empleó en el gimnasio de un hotel de la Costera. Ahí conoció a un canadiense maduro que se lo llevó a vivir tres años a Vancouver y le pagó un curso de chef en una prestigiada academia culinaria afiliada a la célebre *Chaîne de Rôtisseurs*. Regresó a Acapulco cuando la relación terminó. Con Salvador el interés económico era evidente: su amor estuvo adherido al boleto más buscado por los serranos costeños que pululan en Acapulco: salir de pobres.

Jacaranda no tuvo mucho que agregar. Era una guapa y sensual costeña de pelo alborotado y pintarrajeado. Al igual que Camelo buscó utilizar a Núñez de Mendoza para ascender. Tuvo la generosidad y la presencia de ánimo, cuando Salvador yacía con la femoral destruida, para pedir ayuda en vez de huir, pero hasta ahí llegó su colaboración. En sus declaraciones culpó de todo a Camelo, acusándolo de haber pervertido al patrón para asesinarlo cuando no le quiso cumplir su capricho del restaurante en Ixtapa. En su opinión, a Benito Camelo debían darle cadena perpetua por homosexual, pervertido, zalamero, chantajista y asesino.

Rosa María Villazón resultó ser una revelación. Baja de estatura, de rostro chato, su pelo negro y revuelto parecía un caso difícil para el más esforzado y paciente de los estilistas. Vestía un traje sastre de buena calidad, pero su cuerpo anulaba la discreta elegancia del corte. Fumaba sin parar, encendiendo un cigarrillo con la colilla del anterior, y hablaba en un tono copiado a las señoras de clase alta de la capital, aunque el viejo acento costeño se negaba a desaparecer. Era palpable el desprecio por su difunto marido. Estaba segura de que con quien le era infiel era con Jacaranda, nada más. Había notado, dijo, que su marido era un poco raro por el cuidado obsesivo que ponía en el arreglo de las camas de flores y en las bugambilias del hotel, y porque le gustaba llenar albercas y fuentes con gardenias, pero como era igual de obsesivo en todos los demás aspectos del negocio, no le dio gran importancia a ese hecho singular.

—Para mí la enemiga era la Jacaranda esa, sí pues. Le pensaba ofrecer una buena suma para que se largara y nos dejara en paz. Usted ya sabe lo que se hace en estos casos. Lo que sí me agarró de sorpresa fue lo de Benito. Mi marido, el fino y relamido, en la cama con el pinche de cocina. Eso sí que no, señor fiscal. Y pensar que el jotete ese fue padre de mis hijos y ahora nos trae a todos arrastrando la cobija y ensuciando el apellido. Por mí que lo vuelvan a matar mil veces.

No existía el menor indicio que la incriminara como autora intelectual del homicidio. Ante la falta de mayores evidencias, Secondat, de manera pausada, redactó el pliego de consignación. La tipificación del delito quedó como homicidio preterintencional, es decir, aquel cometido con efectos que van más allá de la intención y la conducta culposa inicialmente planeada y ejecutada. Sin embargo, añadió las agravantes de premeditación (Camelo buscó con deliberación a su víctima y la siguió hasta la autopista con el propósito de causarle daño) y de alevosía y ventaja (baleó a Salvador cuando se encontraba indefenso, y con el cinturón de seguridad puesto), con el objeto de fundamentar la petición de una pena que, para satisfacción de la vindicta pública, mantuviera varios años a la sombra al nuevo villano de las buenas conciencias del puerto.

El teléfono timbró a la una de la mañana con la insistencia perversa y aguda de las malas nuevas. Era el Procurador de Justicia del Estado. Consciente de la hora, se concretó a decir:

—Mañana a las ocho en La Carmelita. Se trata de la consignación de Benito Camelo.

La Carmelita era una fonda del puerto viejo de mucha tradición entre la gente local. Estaba ubicaba a un costado de los portales, actualmente en desuso por la incuria municipal y el auge de la Costera. No obstante Marguerite, por ejemplo, que era europea, los encontraba fascinantes, plenos de vida popular y añejo sabor costeño.

A la entrada de la fonda, Secondat se encontró a su amigo Jimmy Magnus, quien apenas lo saludó, sumido en una conversación con Tomás Villalba, el abogado de la familia Villazón. El fiscal se dirigió al fondo del local. En un rincón de paredes ahumadas por años de guisos y fogones, se encontraba el procurador frente a una cazuela de huevos aporreados —es decir, revueltos con cecina importada de Yecapixtla— que nadaban en un mar de chicharrón en salsa verde, acompañados de una olla de frijoles negros y aguados; una jarra de café fuerte, negro y espumeante; y una cesta de tortillas recién salidas del comal. Después de que ambos se sirvieron generosas porciones, el procurador fue al grano:

—La consignación de Benito Camelo mejor no puede estar. Pero ahora tenemos un problema.

—¿Cuál?

—Ayer por la tarde Melchor Espejo vino a verme ¿Sabes quién es?

—Por supuesto, el narcoabogado número uno de Acapulco, mejor conocido como "Malhechor Espejo". ¿Qué tiene que ver con Camelo?

—No lo sé. Dice tener pruebas contundentes de que Florencio Villazón le pagó a Camelo una buena suma para que se deshiciera de Núñez de Mendoza porque ya no lo quería en los negocios y mucho menos en la familia.

—¿Y qué pretende?

—Después de muchos rodeos, me dijo que iba a actuar cuando más conviniera; que por el aprecio que me tenía me avisaba antes, para no agarrarnos de sorpresa.

—Me parece que va a tratar de extorsionar a Villazón. Si no le sale el chiste, va a soltar las pruebas en el momento en el que más daño le puedan hacer a la consignación. Tenemos un problema: ni siquiera sabemos de qué pruebas se trata.

—Eso no es lo más grave. Si Espejo se sale con la suya, puede obligar a Villazón a transformar sus negocios en lavadero de dinero. Si es así, encima del homicidio pretendidamente pasional vamos a tener una investigación federal.

—¿Qué vamos a hacer?

—Anoche mismo hablé con Espejo, por eso te llamé tan tarde. Por instrucciones del gobernador no tuve más remedio que ponerle las peras a veinticinco. Le dije que si en setenta y dos horas no entrega las pruebas que dice tener, de oficio le voy a abrir una averiguación previa por delitos contra la administración de justicia.

—¿Y qué te contestó?

—Lo único que puede contestar un redomado hijo de la chingada: que le hiciera como quisiera; que llegado el caso él tomaría sus propias medidas.

—¿No tienes miedo de que te mande matar?

El procurador dejó de comer, se miró las manos como si ahí se encontrara la respuesta:

—No creo que se atreva —y para alivio de Secondat añadió—, ni tampoco con un fiscal de tu nivel.

"Aunque uno nunca sabe", pensó Secondat. Recordó al diputado aquel que estaba aliado en el Congreso con el gobernador y que era gente de trabajo. Lo mataron fuera de una estación de radio cuando iba a dar una entrevista sobre el presupuesto de egresos. Ya nadie puede estar seguro de nada.

—El que corre peligro es Villazón —dijo el procurador—. Y en todo caso Espejo no es el que da las órdenes. Los que mandan son los capos. Si el asunto se complica se lo turnamos a los federales, nos lavamos las manos y ponemos nuestros pellejos a salvo.

—¿Qué hago con la consignación?

—Túrnala al juez hoy mismo. Tenemos que mandarle a Espejo el mensaje de que no nos dejamos amedrentar. Si después nos sale con las pruebas, le avisamos a Villazón para que tome sus providencias, y después dejamos el paquete a la PGR, acompañado de los elementos disponibles que vinculan a Espejo con el narco. Esto lo acordé anoche con el gobernador.

—La prensa local se nos va a echar encima.

—Daremos la cara y diremos que como la consignación ya estaba hecha, Espejo debió dirigirse al juez de la causa, una vez designado como abogado de Camelo. Como no lo hizo así, decimos que sospechamos segundas intenciones de su parte dadas sus relaciones con el narco; y que en acatamiento a la ley, pedimos a la PGR que atrajera el caso.

Durante un rato Secondat y el procurador comieron y tomaron café en silencio, hundido cada quien en sus propias reflexiones.

—En síntesis —dijo Secondat— me deshago cuanto antes del asunto.

—Es la única forma de evitar que Espejo nos ponga contra la pared. Ya tienes lista la consignación, ¿para qué esperar? Todo Acapulco sabe que lo de Núñez y Camelo fue un crimen pasional.

Secondat se limpió los labios con la servilleta de manta y, con la expresión propia del hastío profesional acumulado a lo largo de treinta años, dijo:

—Mejor me voy para terminar de entregar la consignación antes de las dos. Cuídate, porque el narco anda suelto.

Cuando Secondat se alejaba de la mesa, la voz del procurador volvió a llamarlo:

—Se me olvidó decirte: te va a llamar Magnus para invitarte a cenar mañana con Villazón y sus asesores. No te niegues pero tampoco te comprometas. Mantén la línea de la consignación y no digas nada que no puedas poner en un boletín de prensa. Si te preguntan por Espejo les dices que es un rumor no confirmado. Buena suerte.

—No estoy seguro, señor fiscal, de que la consignación por homicidio preterintencional favorezca a los intereses de la familia.

La voz del abogado de la familia Villazón, Tomás Villalba, sonó delgada y marcada por una tenue entonación costeña. Secondat miró por los ventanales un sol rojo que se hundía con pesadez al fondo de la bahía, e incendiaba el mar, denso y azul, así como las nubes de caprichosos contornos y colores. Después observó el cuerpo enjuto y alargado del abogado, su rostro cetrino y su cabeza prematuramente blanca y de escasa pelambre.

El fiscal dio por supuesto que los Villazón querían tener a Benito el mayor tiempo posible a la sombra:

—Se le consigna por homicidio preterintencional porque eso es lo que muestran las evidencias y los peritajes. Sin embargo, la consignación va acompañada de las agravantes de premeditación, alevosía y ventaja. Si el juez aplica el derecho, le va a dictar una sentencia de entre 15 y 20 años.

—Lo último que quiero es tener a Benito muchos años en la cárcel. Con el tiempo se le puede soltar la lengua —dijo Florencio Villazón.

No obstante su aspecto serio y autoritario, el cuerpo enjuto, pero robusto y de enérgica disposición, de su persona se desprendía un conjunto de detalles curiosos: manos delicadas y pequeñas, uñas alargadas y manicuradas; cara afeitada y restirada hasta parecer de cera; pelo de implantes teñidos de color caoba, ligeramente rizado; ojillos negros y hundidos, nariz afilada y boca carnosa, rematada por un bigotito muy bien recortado, también teñido.

Ante la mirada insistente y especulativa de Villazón, propia de un cacique inmobiliario de provincia, Secondat decidió atacarlo de frente:

—¿Teme que Camelo lo incrimine?

—Déjame explicarte Carlitos —terció Jimmy Magnus— lo que nos preocupa, por amistad de años y por nuestro interés común en el negocio que te platiqué ayer —Magnus hizo una pausa para medir el efecto de sus palabras en los ojos inescrutables de Villazón—. Salvador nos puso en grave riesgo de extorsión. Pronto se va a saber del proyecto que queremos desarrollar en los terrenos de don Florencio y no va a faltar quien trate de sacarnos dinero. No sabemos qué le haya dicho Salvador a Camelo sobre los negocios de la familia. Por eso no lo queremos en Acapulco, ni siquiera en la cárcel.

Jimmy Magnus le había platicado del desarrollo inmobiliario de lujo que iba a llevar a cabo con unos socios de la ciudad de México en los inmejorables terrenos de don Florencio Villazón ubicados en esa privilegiada lengua de tierra —conocida como La Barra—, que separa la Laguna de Tres Palos del mar abierto, cerca del pueblo de Barra Vieja, al límite de Acapulco Diamante. Su amigo le había hablado de una pequeña participación, pero conociéndolo, Secondat sabía que se trataba de varios millones de dólares. No obstante, había guardado silencio, porque lo que tenía en Acapulco, incluyendo la invitación al cóctel donde conoció a Marguerite, lo debía a la generosidad de Magnus.

Por eso, y por el consejo del procurador, no pudo negarse a cenar en compañía de Villazón y del representante de los inversionistas capitalinos en el restaurante Villa Navona. Localizado en Las Brisas, el negocio era propiedad de don Florencio, aunque el nombre se debía al chef italiano —gran amigo del difunto Salvador Núñez de Mendoza— con el que había tenido que asociarse para convertir el restaurante en el lugar de moda de la alta sociedad. El italiano, añorando la patria lejana, había exigido que el nombre se inspirara en una de las plazas más representativas de la eterna Roma, aquella a cuya vera se alza el Panteón. El estacionamiento estaba lleno de guaruras y camionetas de lujo blindadas. El restaurante se había construido sobre un acantilado que proporcionaba a los comensales vistas impresionantes de la bahía. Su decoración mediterránea era de razonable buen gusto y la mano ausente de Salvador se advertía en el tenue perfume de gardenias que flotaba en el ambiente.

Como en el aire también flotaba el planteamiento formulado por Magnus, Secondat no tuvo otro remedio que contestar:

—No hay nada que pueda hacer. Debiste habérmelo dicho antes de la consignación. Desde hoy el asunto está en manos del juez penal.

—¿Qué pasó Jimmy? Me dijiste que tenías todo controlado. ¿Ahora qué les voy a decir a mis clientes? ¿Que seguimos abiertos al chantaje porque tus contactos políticos no sirven?

Era la voz engolada de Nicolás Zúñiga y Miranda, genuino parásito social, quien representaba a los desarrolladores de la ciudad de México. Sus rimbombantes apellidos evocaban a la llamada gente bien que había prosperado un siglo atrás en los tiempos del caudillo-dictador Porfirio Díaz. Se había iniciado como cronista de sociales escribiendo cursilería y media en columnas plagadas de vacuidades y alusiones a títulos nobiliarios expresamente prohibidos por la Constitución general de la República. Viajaba gratis, y en primera clase, a los mejores hoteles del mundo a cambio de publicar en México promocionales disfrazados de crónicas de viajes, y por animar a quienes retrataba en su columna para que fueran a dejar su dinero en esos establecimientos, con la promesa de codearse con las figuras del *Jet Set* internacional. Su éxito lo llevó a publicar una revista de lujo que promovía para su venta las propiedades de ricos y famosos, a quienes les cobraba la publicidad a precios superiores a los del mercado bajo el pretexto de la calidad de sus fotografías y del alto impacto de la revista. El paso a la especulación y a la intermediación inmobiliaria fue automático. Por eso estaba ahí, al lado del rupestre negociante guerrerense, Florencio Villazón, degustando camarones gigantes con espagueti a la crema y pujando por quienes querían transformar los pantanos que el viejo había adquirido a dos centavos el metro cuadrado treinta años atrás, en un fraccionamiento de excesivo lujo.

—Usted comprenderá, don Flor, que así no se puede seguir. Voy a recomendar a mis clientes que paren y que hagamos cuentas de lo invertido.

La mirada fría de Villazón despidió un veneno que recordaba a los alacranes blancos y enroscados de Tierra Colorada. Zúñiga y Miranda empalideció y dejó de comer. El *socialité* no era pieza para quien había ordenado tantas muertes y secuestros.

Secondat sacó fuerzas de flaqueza y habló con determinación:

—Ni el procurador ni yo podemos actuar sobre situaciones que desconocemos. Lo hecho, hecho está. No obstante hay una salida. Jimmy, quiero que me acompañes mañana mismo a hablar con el procurador. Aún estamos a tiempo de encontrarle atenuantes que nos permitan deshacernos de Camelo cuanto antes, porque lo último que necesitamos es un escándalo pasional que distraiga por años a la opinión pública, cuando todos los días el narcotráfico nos obliga a pelear una batalla perdida de antemano.

Villazón levantó la mano izquierda en señal de alto:

—Licenciado, déjese de politiquerías y mejor dígame cuál es la salida legal.

Secondat tragó saliva y repuso:

—El ministerio público adscrito al juzgado penal depende de nosotros. Si Jimmy y yo convencemos al procurador de que le ordene al ministerio que no le eche ganas al asunto, y el licenciado Villalba —a quien miró con desdén para darle a entender que estaba al tanto de su fama de abogado mediocre que sostenía su práctica merced a viejas relaciones de amistad y complicidad con las familias ricas del Puerto— hace bien su trabajo ante el juez, en un año Camelo estará fuera de la cárcel y más que dispuesto a no volver a poner un pie en Acapulco.

Jimmy Magnus agitó su blanca melena de play boy en la aurora de la tercera edad, para terciar:

—¿Y si el procurador no nos ayuda?

—Lo dudo, porque con el escándalo a él tampoco le interesa tener a Benito Camelo en la cárcel dando entrevistas exclusivas para extorsionar a quien le venga en gana, así como para exhibir el trabajo de la fiscalía especial como poco profesional. Si el procurador no se convence, tú y don Florencio pueden presionar al gobernador. Habiendo una salida legal, el gobernador no va a poner ningún reparo. Así todos nos lavamos las manos echándole la culpa al juez penal, que acabará liberando a Camelo.

—Estoy de acuerdo —dijo Villazón.

Todos asintieron. Magnus con convicción. Villalba y Zúñiga y Miranda, con temor casi reverencial. Sin embargo, Magnus, conocedor de los ritos y de las leyes no escritas de los negocios del puerto, no quiso cerrar el tema sin marcar su propio territorio, y para ello escogió a Zúñiga y Miranda:

—No sé cómo serán tus tratos en la capital, pero aquí en Acapulco el que le entra se trinca.

Una sonrisa de burla, con un ligero tinte de placer, se dibujó en la cara de Villazón.

Mientras Magnus pagaba la abultada cuenta, Secondat decidió plantear una cuestión. Nadie, ni por asomo, había mencionado la posible intervención de Malhechor Espejo.

—Existe el rumor de que Melchor Espejo va a intervenir en el juicio penal con pruebas que destruyen la consignación practicada por mi fiscalía y que comprometen a la familia Villazón.

Florencio lo midió de arriba abajo con una mezcla de desprecio y conmiseración:

—Ese pelagatos no va a hacer nada. Ni para qué mencionarlo.

La cena concluyó en un silencio de muerte.

Cuando manejaba de regreso a casa por la Escénica, Secondat se preguntó por qué Villazón insistía en una salida legal si, dado el caso, y según sus antecedentes, podía ordenar con facilidad el asesinato de Camelo en la cárcel.

Tocar, pasar y entrar
a degüello

———•———

Acapulco, septiembre de 2004.

El aspecto físico de Melchor Espejo no podía ser más engañoso para quien no supiera de su verdadera condición de narcoabogado. Alto, gordo, calvo, de espejuelos hundidos en los ojos, rostro de doble papada, labios en forma de chupetón, orejas prominentes y cuadradas; siempre vestido de guayabera blanca de lino y pantalón negro. Imagen a la que se sumaban unos modales falsos, empalagosos y autoritarios, que lo hacían casi idéntico al obispo de la localidad, con quien, por lo demás, comulgaba cada domingo.

Esa mañana de sol quemante de fines de verano se encontraba parado frente a la glorieta de la Diana Cazadora, pequeña pero bellamente esculpida reproducción de la hermana mayor que desde hace más de sesenta años adorna una de las rotondas del hermoso

Paseo de la Reforma, allá en la capital de la República. El tránsito en esa zona del puerto y a esas horas de una mañana de martes suele ser terrible, pues ahí confluyen una de las entradas de la Autopista del Sol y el área de la Costera en la que se apilan hoteles, restaurantes y galerías comerciales, con predominio de las franquicias gringas que ahí han sentado sus reales desde los tiempos del inevitable Tratado de Libre Comercio con Estados Unidos.

Cansado de esperar, Espejo puso su elegante maletín de piel en la banqueta. Contenía numerosos amparos contra órdenes de aprehensión que debían entregarse a sus mejores clientes, todos ellos, capos del narcotráfico, para que en compañía de sus sicarios pudieran seguir asolando el puerto. Al fin, negra y blindada, arribó la lujosa camioneta importada. Con gesto imperioso, Espejo ordenó que le dejaran libre el espacioso asiento delantero para acomodar mejor su adiposa humanidad. La camioneta de inmediato se perdió en el denso tránsito de la Costera con destino a una casa de seguridad ubicada por el rumbo de La Quebrada; ese arrecife rocoso situado más allá de la bahía, que detiene la furia del mar abierto y de cuya cumbre se arrojan temerarios clavadistas en un espectáculo magnífico que los contornos populares del lugar, con el tiempo, han reservado exclusivamente a las clases locales y al turismo medio de provincia.

Se acababa de consumar "un levantón".

Ya era de madrugada y el "Coca-gayo" ("Papagayo", según rezaba el anuncio luminoso de la entrada) vivía sus mejores momentos. 15 de septiembre. Se festejaba un aniversario más de la independencia nacional, aunque los eruditos que nunca faltan, ni siquiera en esos antros, adujeran que el "grito" de independencia en realidad tuvo lugar en la mañana del 16 y que el 15 lo único que se celebra es el santo de Porfirio Díaz, aquel caudillo-presidente que a fines del siglo XIX y principios del XX se perpetuara treinta y cuatro años en el poder, generando, entre otras muchas tradiciones y arbitrariedades, el cambio de fecha de la fiesta nacional.

Aunque era un galerón cubierto por marañas de cables y bocinas, oscuro y sin gracia —particularmente si se le visitaba a la reveladora luz del día— el "Coca-gayo" se había constituido en una de las discotecas de moda. A ello contribuían su ubicación en la mejor zona de la Costera —cerca del entronque con la Escénica y con ella del Acapulco *nice*— y su ambiente festivo propiciado por un sistema de "barra libre" alimentado con nubes de oxígeno puro que flotaban en el ambiente para que los clientes conservaran durante el mayor tiempo posible sus cinco sentidos, y siguieran bebiendo.

En esa noche de "grito" listones tricolores descendían del techo, las mesas estaban adornadas con sarapes mexicanos y a los clientes se les habían entregado

—al ingresar al local y sólo después de obtener el visto bueno de los racistas y prepotentes cadeneros— abundantes dotaciones de confeti, serpentinas y silbatos con los colores patrios. A las once en punto, uno de los dueños del local había dado el "grito" con profusión de vivas a México y a los "héroes que nos dieron patria y libertad", en unión de unos meseros vestidos de algo que se asemejaba a las modestas prendas de los zacapoaxtlas poblanos, mientras el *disc jockey*, en un gesto inédito para esta clase de lugares, difundía los compases de la patriótica "Marcha de Zacatecas". Después el antro se animó en grande con pura música gringa estilo *heavy metal*, al ritmo de unas "animadoras" ataviadas con tangas minúsculas que bailaban en varias plataformas elevadas bajo la dirección de un efebo costeño que tan sólo portaba un taparrabos y en la cabeza un adefesio, hecho de plástico y cartón, que quería asemejarse al penacho de Moctezuma pero en versión agringada, como de brujo del carnaval de Nueva Orleáns.

En una mesa alejada de la pista y bebiendo una botella de agua —en venta al mismo precio que un whisky para compensar las pérdidas de ponerse "bomba" con agua y "tachas"— se encontraba Justine, la hija de Marguerite o Margot Baldensperger, conversando íntimamente con una sexy chica suiza a la que tenía delicadamente tomada de la mano. La obvia sensualidad de la suiza contrastaba con la elegante, casi etérea, belleza de la francesa. A su lado, Nalgodín bebía ron con refresco de cola y se atragantaba con la pizza que el chofer enviado por Secondat había logrado introducir en el antro, gracias a la "charola" o credencial de la Procuraduría estatal que el mismo Secondat le había proporcionado para atemorizar, aunque fuera por esta vez, a los insufribles cadeneros.

Por ser 15 de septiembre la bebida de la noche eran los "muppets", una mezcla de tequila con refresco gaseoso de color blancuzco que se agitaba en la copa angosta y entallada, conocida como "caballito", para luego golpearse contra la mesa a fin de que el gas en ebullición disparara el efecto del licor y la sensación de euforia resultara mayor. Si a los "muppets" se les añadía una "tacha" la euforia se multiplicaba a la centésima potencia.

Al principio todos pensaron que se trataba del insistente golpeteo de los "muppets" y de los gritos de algunos alebrestados. Acto seguido se materializaron las figuras de, al menos, una docena de hombres vestidos como militares en campaña, que se cubrían sus caras con pasamontañas, portaban escudos de la AFI (Agencia Federal de Investigaciones) en pechos y pantalones y dispararon varias ráfagas de sus rifles AK-47 y AR-15 al techo del antro, del que cayó una fina lluvia de listones, pedazos de cable y polvo de cemento.

Los invasores ordenaron a todo el mundo que se tirara al piso amenazando con matar al que se moviera. El frágil cuerpo de Justine fue cubierto por el de la suiza bajo la mesa, mientras Nalgodín se agachaba sin soltar el vaso de ron con cola y un buen pedazo de pizza. Siguieron varios minutos de muerte que los hombres armados dedicaron a buscar algo o a alguien en la pista, por debajo de las mesas, en las bodegas y en los baños. Varios clientes fueron pateados en las costillas para que mostraran sus rostros. Nalgodín llegó a sentir el frío de un rifle en uno de sus amplios glúteos. El ron y la pizza huyeron de sus manos. Justine y la suiza no fueron tocadas, gracias a su evidente aspecto de extranjeras. Pero en las bodegas y en el estacionamiento se escucharon varios disparos de arma de fuego.

A golpes e insultos la pista de baile fue despejada. Nuevas ráfagas de ametralladora sacudieron el techo y las paredes, acallando los gritos y sollozos de las mujeres. Al fin cinco sujetos se posesionaron de la pista. Uno de ellos extrajo de un costal de yute una bolsa de plástico, la abrió y jalándola de las orejas, prominentes y perforadas, arrojó sobre la pista la cabeza redonda, mofletuda y grasosa de quien en vida había obedecido al nombre y al mal nombre de Malhechor Espejo. Al estrellarse la cabeza contra el piso, del cuello grotescamente cercenado manó un chorro de sangre viscosa, entre rojiza y amarillenta, a punto de coagulación, que pronto formó una mancha oscura y siniestra. A su lado otro de los atacantes colocó, con gran cuidado y parsimonia, un cartelón de buen tamaño en el que en letras azules se leía: "No matamos por paga, no matamos mujeres, no matamos inocentes. Sólo muere quien deve (sic) morir. Sépanlo (sic) toda la gente, esto es: justicia divina."

Consumada la acción el grupo, sin dejar de amenazar a los noctámbulos, salió del antro, abordó tres camionetas blindadas y se perdió en la calurosa madrugada del puerto, bajo un cielo cuajado de estrellas.

Y pensar que la noche del 15 de septiembre iba tan bien. Había cenado con Margot y un grupo de amigos en la mansión que Jimmy Magnus tenía en Las Brisas. La cena, a más de ser excelente y de estar regada con los mejores vinos y licores se había desarrollado en un ambiente alegre y distendido, pues Magnus, contra su costumbre, les había hecho el favor a sus invitados de no traer a sus nuevos socios, Florencio Villazón y Nicolás Zúñiga y Miranda.

Al llegar a su casa se había echado en la cama en ese placentero estado de euforia que suele derivarse de la buena comida y de la mejor bebida cuando no se incurre en excesos. Mientras Margot, que no obstante tres años de residencia seguía sufriendo los estragos del clima del trópico, se duchaba por tercera vez en el día, Secondat se puso a leer un semanario político. Pronto captó su atención un artículo escrito por el periodista más respetado de México, Julio Scherer García, sobre un tema inevitable en ese septiembre de 2004: las declaradas y descastadas ambiciones de la "primera dama" de suceder a su marido en la Presidencia de la República, con apoyo en la gran experiencia política que había adquirido como interna de un colegio de monjas en Irlanda, primera esposa de un cura-vacas cerril, vendedora de quesos a la puerta de su casa en Celaya y vocera del gobierno del estado de Guanajuato. Con toda razón Scherer sostenía:

> Deploro y me indigna el comportamiento de la señora Martha Sahagún. Ha violado la Constitución, vulnerado la dignidad del Estado, degradado la figura presidencial, llevado a debate la defensa inicua de sus hijos, se ha cubierto de "oro y plata" y ha violado la moral pública cuantas veces le ha venido en gana...

La irrupción histérica de Justine, Nalgodín y la suiza acabó con las cavilaciones políticas. Sus caras congestionadas y sus gritos incoherentes, en un principio hicieron pensar a Secondat que habían sido violadas o, al menos, asaltadas. Afortunadamente atrás de ellas entró el chofer-escolta, quien con la circunspección y calma propias de su profesión le narró sucintamente lo ocurrido. Después vino todo lo demás: la llamada del procurador a su celular; el aviso de que el gobernador viajaba urgentemente en helicóptero de Chilpancingo a Acapulco después de la ceremonia del "grito", el besamanos y la cena en el palacio gobierno; y las dos noches en vela tratando de integrar la averiguación previa entre un amasijo de dictámenes periciales, informes forenses y las contradictorias declaraciones de los testigos presenciales.

Ahora Secondat contemplaba, entre aterrado y absorto, la cabeza del degollado. No era solamente el espectáculo nauseabundo que tenía ante sí —los ojos saltones incrustados en los espejuelos grotescamente estrellados; las orejas perforadas; la boca abierta en lo que parecía un grito, postrero y ahogado, de súplica y las fosas nasales que despedían un líquido amarillento como de escupitajo mezclado con tabaco rancio— sino el cansancio y el vacío que produce el tener que aceptarse como miembro de un país y de una comunidad en los que las únicas reglas de una imposible pero también paradójicamente posible convivencia, las dictan el poder de la corrupción, la impunidad y la torcedura sistemática de las leyes.

La reflexión fue interrumpida por el jefe de los forenses que entre polvos medicinales, cintas de medir y guantes quirúrgicos había llegado a una conclusión preliminar: "Lo decapitaron hará como siete, máximo nueve horas. Hay señales de tortura en las orejas y en lo que quedó del cuello. Pido permiso para levantar el cadáver, digo, la cabeza. Tal vez en el laboratorio encontremos otras evidencias."

Secondat asintió mecánicamente. Las declaraciones de propietarios, empleados y hasta de unos parroquianos que se quedaron a disfrutar del macabro espectáculo, tampoco sirvieron de gran cosa. Nadie recordaba con exactitud lo que había ocurrido. Un testigo contradecía al anterior, y todos estaban demasiados excitados y nerviosos para resultar confiables. Ni siquiera se ponían de acuerdo en el número de atacantes. Unos hablaban de doce y otros de veinte.

Para Secondat era evidente que Espejo había cometido alguno de los graves, aunque típicos errores que suelen marcar el fin de las carreras y con ellas de la vida de los narcoabogados: mezclar la asesoría legal con la participación directa en la fase operativa del tráfico de drogas; cobrar fuertes cantidades de dinero por adelantado sin entregar los resultados prometidos; caer en conflictos de intereses por defender a capos y sicarios de cárteles rivales o, inclusive, de cárteles que estaban aliados pero que súbitamente se volvieron enemigos; romper esa tenue y delicadísima línea que divide el trabajo profesional de la complicidad; o el más grave de todos: intentar aprovechar en beneficio propio la información privilegiada a la que tienen acceso gracias a su actividad profesional, especialmente cuando el uso de dicha información afecta las redes vitales del lavado de dinero.

—A ver Secondat dime, en realidad y a fondo, ¿qué sabes del narcotráfico en general y en Acapulco, en particular?

La voz del licenciado Raúl Ayala Martínez, coordinador de la Procuraduría General de la República (PGR) para la región de Acapulco, sonó seca y retadora, con cierto dejo de violencia contenida. Se encontraban en un rincón del bar de un hotel de lujo situado frente a la playa del Revolcadero, así llamada porque al estar frente al mar abierto sus olas —verdaderas paredes de agua que, en ocasiones, llegan a alcanzar hasta tres metros de altura— azotan sin misericordia la costa y "revuelcan" a los bañistas que osan ponerse a su alcance.

El hotel había sido construido en los años cincuenta del siglo pasado y recientemente lo habían remozado respetando la estructura y el diseño originales. Por eso el bar se veía amplio, cavernoso y profuso en maderas —"envenenadas" para resistir el calor del trópico— en pisos, paredes, columnas, barras y mesas. Los sillones eran de mimbre macizo y estaban dotados de cómodos cojines para asiento y espalda.

Los días patrios habían sido bendecidos por ese clima de verano eterno, característico de Acapulco, al que se le habían añadido los primeros tintes dorados y color de rosa del inicio del otoño. Sin embargo, ese mediodía del 27 de septiembre de 2004, la furia de un huracán "atorado", como suelen llamar los costeños a las tormentas tropicales que durante varios días al año ocurren en esa zona del Pacífico mexicano, le había pegado al puerto. Tras los ventanales del bar se agolpaban cortinas de lluvia, dura y persistente, que apenas dejaban ver los tres colores que el mar ese día revelaba: café en la orilla a consecuencia de la tierra y la basura que la propia lluvia arrastraba desde la apenas visible cadena montañosa de Punta Diamante; azul verdoso en la zona en donde empezaba a formarse la cresta de las olas; y plata en lontananza, donde el sol lograba filtrar algunos de sus tenues rayos.

La relación de Secondat con Ayala Martínez venía de muchos años atrás. Como subdirector general de Aduanas, había sido la pieza clave en el asunto de los lingotes de oro del infortunado Godofredo Heller Manzini. Después había transitado exitosamente por variados escalafones de la burocracia federal: administrador de las más importantes aduanas portuarias y fronterizas, agente del ministerio público federal, hasta desembocar en el año 2002 en su actual puesto de coordinador de la PGR para la región de Acapulco. A lo largo de su carrera, había tenido oportunidad de manejar cuantiosos negocios jurídicos o seudojurídicos (los lingotes de oro solamente habían sido el aperitivo) y ahora se aproximaba a la jubilación con un sólido patrimonio personal que difícilmente resistiría una investigación a fondo por parte de la Secretaría de la Función Pública, suponiendo que la red de complicidades e intereses creados que hábilmente había tejido en todos los puestos públicos por los cuales había transitado, hiciera posible semejante investigación.

Esto último le permitía ufanarse de su próximo retiro a un "ranchito" (que seguramente tenía un buen

134

número de hectáreas) que poseía por el rumbo de San Juan del Río, en el bello, histórico y relativamente próspero estado de Querétaro, para dedicarse a la ganadería y al disfrute de sus nietos y de una joven, y al parecer fogosa, cónyuge que, en segundas nupcias, se había traído del altiplano, pero que no se había adaptado del todo al clima y a los usos de Acapulco.

Secondat abordó la pregunta de Ayala Martínez:

—Empecemos por Acapulco. Hará cosa de doce años que aquel gobernador le "vendió" el puerto primero a los capos del Cártel del Golfo y después a los del Cártel de Sinaloa. Ya sabes, los de los nombres y apodos que aparecen todos los días en la prensa.

—Los nombres y los apodos son irrelevantes. El narcotráfico tiene una capacidad de adaptación pasmosa. Ya entendieron que han forjado un negocio trasnacional cuya "cadena productiva" debe basarse en la desconcentración por regiones y en diversos mandos horizontales para impedir que el poder vertical de capos demasiado notorios dé al traste con la empresa. Actualmente, cuando un capo se vuelve del dominio público, de inmediato lo retiran a tareas secundarias para que si lo arrestan no comprometa a los verdaderos operadores.

—Dejemos de lado entonces los nombres y los apodos. De hecho, en sus primeros años los capos usaron a Acapulco como lugar de residencia y protección. Pero a partir de 2003, la necesidad los llevó a utilizar el poder local que habían acumulado y a desatar una lucha salvaje por el control de la propia plaza y de las rutas que a ella llegan y que de ella salen.

—¿Qué rutas?

—Tú lo sabes bien. Con las salvaguardas establecidas por los gringos en el Caribe, el Golfo de México y en los cayos de la Florida, la principal ruta marítima se movió al Pacífico y tomó a Acapulco como punto de tránsito, acopio y embarque. Sé muy bien que la droga sale de Colombia por la costa del Océano Pacífico, en los alrededores de un puerto llamado Tumaco, al pie de la Sierra Nevada, una estribación imponente que literalmente está pletórica de cocaína tanto en cultivos como en laboratorios y depósitos clandestinos, y en donde opera el Cártel del Valle del Norte o del Cauca, que vino a sustituir a los históricos, y ahora desmantelados, cárteles de Cali y Medellín. Se embarca en lanchas rápidas con una autonomía de navegación de entre 14 y 16 horas que se abastecen en caletas poco vigiladas de la costa centroamericana hasta llegar a Acapulco. Aquí se recibe, se almacena y se reembarca parte por tierra y parte por mar. La que va por mar se arroja en diversos puntos de la costa del Pacífico en paquetes perfectamente sellados, de preferencia a la altura de Nayarit, Sinaloa y Sonora, donde es recogida por barcos pesqueros y pangas que la llevan a tierra para que alcance la frontera con Estados Unidos. Inclusive he oído hablar del arribo de submarinos artesana-

136

les con coca a la Playa del Olvido. Así que los cargamentos deben ser de cuidado.

—¿Sabes cuánta carga lleva cada lancha rápida? De una a dos toneladas de coca pura.

—En la madre. Ahora entiendo porque acaban de matar con tanta saña a aquel teniente o capitán de inteligencia naval que empezó a monitorear el tráfico precisamente en la Playa del Olvido. Meterse ahí fue un suicidio. Cada cargamento que interceptó le costó a los narcos varios millones de dólares.

—Así es. Y ya que mencionaste la ruta del Pacífico, ¿has oído hablar de "Narco City"?

—No sé de qué me hablas.

—De San Luis Río Colorado, un pueblo ubicado en la unión de Sonora y Baja California, exactamente en la frontera con Arizona y California. Del otro lado está Yuma, una importante región agrícola del estado de Arizona. Pues bien, el destino final de la parte más valiosa de cada cargamento, que no se arroja a los tiburoneros y camaroneros de las costas de Nayarit, Sinaloa y Sonora, se encuentra en un puerto ignorado y de apariencia miserable que está al fondo del Mar de Cortés, que se llama, según creo recordar, Santa Clara o Puerto Isabel. De ahí, a unos cuantos kilómetros de distancia por tierra, se ubica la población de San Luis Río Colorado. Es un lugar sórdido y miserable por el que no das ni un quinto, pero tiene la virtud de poseer un túnel perfectamente bien equipado que cruza al otro lado hasta desembocar en una casa de seguridad situada unos treinta kilómetros después de los controles fronterizos. Del lado mexicano se entra en el túnel por una tienda de abarrotes de mala muerte. Por supuesto, el tráfico de drogas e indocumentados por ese lugar se da en cantidades industriales.

—Como el túnel por el que hace más de treinta años tú y el loco de Isidro Villarreal querían pasar los lingotes hitlerianos.

—¡Ah, qué buena memoria tienes! Sí, igualito, aunque con mucha mejor tecnología. Es más, se dice que a lo largo de la frontera con la misma Arizona, Nuevo México y Texas hay como 40 túneles más. También se dice que agentes de la DEA (Drug Enforcement Administration) y de la Border Patrol (Patrulla Fronteriza) reciben cien mil dólares mensuales por cada túnel que dejan operar.

Secondat se indignó:

—Pinches gringos, son unos hipócritas de mierda. Si no fuera por ese enorme mercado de consumo que tienen, el mayor del mundo, no estaríamos pasando por todo esto. Pero eso sí, el cabrón de su embajador, que lo primero que hizo en cuanto llegó a México fue sembrar el chile con una potentada mexicana, sale a cada rato a sermonearnos públicamente porque, según él, como los mexicanos somos una bola de inmorales, corruptos y violentos que nos dedicamos a violar la ley todos los días, los pobrecitos Estados Unidos están inundados de droga. Hijo de la gran puta, aunque en el fondo no le falte algo de razón, lo reconozco, pero por qué mejor no se regresa a su país a sermonear a las hordas de viciosos gringos para que dejen de darse en la madre solitos con el consumo masivo de estupefacientes. Qué cómodo. Todo es culpa de los jodidos del patio trasero: colombianos, centroamericanos y mexicanos. En Estados Unidos no hay cárteles, redes de distribución, lavado de dinero, centros de acopio ni almacenamiento y narco menudeo, sino puras víctimas de la maldad congénita de las razas inferiores de Hispanoamérica.

—Para que te acabes de encabronar, voy a darte unas cifras de la misma DEA que me fueron proporcionadas en la conferencia continental sobre narcotráfico de Miami a la que asistí el año pasado. Se calcula que en gringolandia hay 30 millones de adictos, más los que se acumulen cada día, "y contando" como ellos dicen; por lo que las redes del narcotráfico mueven alrededor de cien mil millones de dólares al año. Pero cuando el delegado brasileño y yo le preguntamos al comisionado de la DEA acerca de lo que pasa con las drogas una vez que cruzan la frontera, nos salió con la jalada de que en Estados Unidos no hay cárteles ni grandes distribuidores, sino que las drogas al pasar por la frontera "se pulverizan" y quedan en manos de incontables *dealers* —controlados por un misterioso cártel de mexicanos y colombianos que tiene como

sede la ciudad de Atlanta— que se dedican al narcomenudeo sin pertenecer a ninguna organización criminal gringa y que los cien mil millones de dólares se
concentran en la zona fronteriza y se lavan en el sistema financiero mexicano. Cuando yo le repuse que eso
no era posible porque entonces las calles de ciudades
tan alejadas de la frontera como Nueva York, Chicago
y Washington no estarían inundadas de droga, y que
los cien mil millones no tendrían forma de regresar
al sistema financiero mexicano sin una red de narco-
banqueros gringos, simplemente me contestó que ese
no era el tema de la conferencia, se dio la vuelta y nos
dejó al brasileño y a mí con la palabra en la boca.

Ayala Martínez prosiguió sin pausa:

—Volviendo a Acapulco, quiero repetirte que la cosa
está de la chingada, porque dos o más cárteles rivales
se están disputando a lo bestia el control de la plaza
y nos van a acabar dando en la madre a todos los que,
en el fondo, ni siquiera la debemos. No es posible que
toda la sociedad sea rehén de esta bola de cabrones.

—Tiene que haber una salida.

Ayala Martínez tomó la botella de whisky que reposaba sobre la mesa, hundió su vaso corto —conocido
como "tumbler" por los cantineros del puerto— en la
cubeta de hielos y se sirvió una generosa porción del
licor dorado, paladeó un trago largo y contestó.

—Debes entender que no hay salida, al menos en
el corto plazo, porque en el largo, como por ahí se

dice, todos estaremos muertos. Acapulco ya se volvió demasiado importante para que lo suelten. Estamos en medio de una guerra de sicarios contratados por los cárteles rivales entre el lumpen de la peor forma de violencia. Los maras salvatruchas (salvadoreños que saben ponerse "truchas", ya sabes, muy vivos y avispados) que vienen de los bajos fondos de las luchas pandilleras, primero en su tierra y después en los barrios latinos de Los Ángeles, California. Los kaibiles, un grupo paramilitar salido de la lucha antiguerrillera en Guatemala. Y para que no falte el sabor nacional, los zetas, militares de élite entrenados por el Fort Benning en Estados Unidos, a quienes hace unos años el gobierno mexicano envió a Tamaulipas para combatir al Cártel del Golfo y que en poco tiempo se convencieron de que era más redituable pasarse del lado del narco que permanecer en el de las fuerzas de la ley y el orden.

—Pero cabe la posibilidad de que Acapulco sea tan sólo un punto de tránsito y acopio que puede sustituirse fácilmente.

—¿En verdad lo crees? Porque si lo crees eres un ingenuo que está en el lugar equivocado. Los cárteles basan su poder en el control local. Una vez que se asientan en una plaza es casi imposible que la dejen porque las rutas del sur al norte se construyen a través de una cadena de puntos de tránsito, acopio, procesamiento y embarque en los que el control local, una vez establecido, resulta indispensable y, por ende, imposible de abandonar. Acapulco, a más de estar cerca de la ciudad de México y de recibir alrededor de un millón de turistas al año, no solamente posee playas como la del Olvido, que están fuera del enclave urbano y de la vigilancia naval permanente, sino una maraña de calles y colonias populares por los rumbos de Caleta, La Quebrada, los mercados Central y de Artesanías y Pie de la Cuesta, en donde es relativamente sencillo ubicar casas de seguridad para el acopio y hasta para el procesamiento. Esto si no nos dan la sorpresa de instalarse en Las Brisas o en Tres Vidas, como acaba de suceder con una casa de las Lomas de Chapultepec, en la misma ciudad de México. A eso hay que agregarle la producción del maíz bola y el factor Michoacán. ¿Sabes de qué estoy hablando?

—Tengo una idea general, pero ya que eres el chingón en estas pinches materias, preferiría que me dijeras lo que sabes.

—El maíz bola no es otra cosa que la amapola procesada de la que se obtiene la heroína morena o heroína mexicana muy cotizada en ciudades como Los Ángeles, Chicago y Nueva York, por su pureza. El maíz bola se cultiva en las montañas de la Costa Grande de Guerrero, en los alrededores del poblado de Tlapa. Es una región hostil salpicada de pobreza y violencia. Varios helicópteros de la PGR han sido atacados ahí mediante trampas hechas de mallas de alambre robadas de las contenciones para prevenir deslaves que ponen en la Autopista del Sol y colocadas en las barrancas sobre los sembradíos de amapola para atrapar a los helicópteros que deben fumigar casi a ras del suelo. No es fácil ni aconsejable adentrarse por esos andurriales. La heroína va a dar por caminos de brecha a diversas poblaciones del sur de Michoacán como Zitácuaro, Uruapan, Apatzingán y Huetamo, en donde hay centros de acopio, procesamiento y embarque para la frontera norte. Pero como la heroína morena es muy cotizada en Los Ángeles, una parte importante de la producción baja a Acapulco de las montañas de Tlapa escondida en viejos camiones refresqueros, cerveceros y de transporte de vientres de ganado de desecho, que resulta materialmente imposible revisar todos los días y a cualquier hora. Y de aquí ya te sabes el camino hasta San Luis Río Colorado, la "Narco City" orgullosamente sonorense.

—Y pensar que Tlapa o la Montaña está apenas atrás de Chilpancingo.

—No te gustaría ir allá. Te lo digo en serio. Es un lugar triste, tenebroso, de pobreza ancestral. Ahí no verás camionetas blindadas, ni relojes y cadenas de oro, ni anillos de brillantes sumados a sujetadores de plata para apresar fajos de dólares. Los campesinos que cultivan la amapola no son más que peones, esclavos y siervos del narco. Imagínate el kilo de heroína que en Los Ángeles se vende a más de diez mil dólares se lo pagan a esta gente a 16 pesos, un poco más de un pinche dólar. Y lo más deprimente de todo es que para ellos eso es ya una gran ganancia porque, gracias al Tratado de Libre Comercio, su maíz ya no puede competir con los alimentos importados.

—Y así quieren que el gobierno estatal de Guerrero acabe con el narcotráfico en Acapulco. Están positivamente dementes.

—Pues acabamos de caer en el círculo vicioso. Porque ustedes, los locales, para no entrarle al toro se escudan en el hecho de que el tráfico de estupefacientes es un delito federal y nos echan la pelota a nosotros, los federales. Pero te tengo noticias. En todo este sexenio el narcotráfico ha estado en el último lugar de la lista de prioridades del gobierno federal. La pareja presidencial (porque Fox no ha gobernado solo, sino a las órdenes de su mujer, que ahora le tira a quedarse con la silla presidencial hasta el 2012) jamás ha entendido (o querido entender habida cuenta de lo que se empieza a saber de los enredos entre su parentela y los narcos) que los cárteles no solamente luchan despiadadamente entre sí sino que, en su conjunto, constituyen un peligro inminente para la supervivencia de las instituciones del Estado y que más temprano que tarde nos van a llevar a un enfrentamiento terrible con Estados Unidos, porque lo que amenaza el modo de vida de los gringos, el famoso *american way of life*, no es el terrorismo ni la guerra de Irak inventada por ese cabrón petrolero y fanático fundamentalista que es Bush Jr., sino el crecimiento exponencial de sus adictos y de sus adicciones. Y cuando tomen plena conciencia de esto, se van a venir con todo contra México y entonces a ver qué hacemos. Pero ni en el gobierno mexicano ni en la oposición existe conciencia de la gravedad de este problema. Se la pasan discutiendo y peleando por pendejada y media, mientras en sus narices los narcos cometen los crímenes más espantosos, controlan una parte importante del territorio nacional, convierten las fronteras sur y norte en tierra de nadie y empiezan a esclavizar con drogas como "tachas" y "cristal" a nuestros niños y jóvenes. Te voy a dar un par de cifras que a mí me parecen aterradoras. Para combatir al narcotráfico la PFP y la AFI cuentan exclusivamente con 35 000 elementos. ¿Te das cuenta? 35 000 policías para tratar de cubrir la enorme geografía del narco que abarca, por lo menos, Chiapas, Oaxaca, Guerrero, Michoacán, Jalisco, Nayarit, Sinaloa, Sonora, Baja California, Chihuahua, Nuevo León y Tamaulipas. Y en cada uno de estos estados, las autoridades locales todos los días se hacen de la vista gorda clamando por la ayuda federal. ¿Y cómo los vamos a ayudar? ¿Con 35 000 elementos para vigilar un inmenso territorio que requeriría cuando menos de 350 000 efectivos bien armados y entrenados? Y para acabarla de arruinar, la Secretaría de Hacienda nos acaba de recortar el presupuesto porque dicen que "no hay dinero suficiente".

Concluido el largo monólogo, Ayala Martínez, político y administrador público de la vieja escuela que arrastraba los vicios y las corruptelas del antiguo régimen del PRI, pero que también poseía la virtud de saber entender la realidad del país, bebió un buen trago de whisky y miró, desafiante y molesto, la cortina de lluvia que oscurecía los contornos de la playa y el mar. Secondat irrumpió en su contemplación para decirle:

—Queda el ejército.

Ayala Martínez sonrió con amargura:

—Ahí hay que tener cuidado. El ejército es la única institución respetable que nos queda. Ni siquiera la Iglesia, tan desprestigiada estos días por sus intrigas políticas, sus juegos de poder y sus curas pederastas. El ejército siempre debe manejarse como la última, última opción. Además los militares no están entrenados para desempeñar labores policiacas. Esa no es la solución. Ve el caso reciente de tres destacados militares a los que pusieron a combatir el narco, los generales Humberto Quiroz Hermosillo, Arturo Acosta Chaparro y aquel pelón cuyo nombre se me escapa que dirigió la entelequia esa llamada Instituto Nacional de Combate a las Drogas, y que gracias precisamente a él desapareció por completo. Los tres acabaron arreglándose con los narcos y engañando al gobierno gringo. Por eso ahora los tres están en la cárcel y lo más probable es que ahí se mueran. No tanto por haberse entendido con los narcos, sino por haberles tomado el pelo a los gringos.

Secondat se puso de pie y le tendió la mano a Ayala Martínez:

—Gracias por la información y por el whisky. Creo que cometí un error al pedirte que atrajeras el homicidio de Malhechor Espejo.

El coordinador regional de la PGR lo obligó a sentarse de nueva cuenta.

—No, para nada. También de eso tenemos que hablar. Pero déjame pedir unos ceviches y unos sándwiches para bajarle al whisky. Antes de que agarre una peda de padre y señor nuestro.

—Ya que tocas el tema del degüello de Malhechor Espejo —continuó Ayala Martínez, entre voraces mordidas a un sándwich de jamón y queso de "triple piso", que había sido precedido por un ceviche de camarón servido generosamente en un tarro cervecero rebosante de especies y de salsas de jitomate y de chile— déjame decirte una cosa: si la PGR fuera a atraer los casos de todos los degollados que aparecen en las oficinas públicas, las playas y los antros de Acapulco, no acabaríamos nunca. Sin embargo, el caso de Espejo es distinto por su vinculación con Florencio Villazón.

—No te sigo. ¿No se supone que Malhechor quería extorsionar al viejo por el asunto de Benito Camelo, Jacaranda y Salvador Núñez de Mendoza?

—Eso es lo que le hizo creer a tu procurador. Pero yo sé la verdad y te la cuento bajo tu riesgo y para que la informes a tus superiores, que tienen el derecho de saber la clase de bicho con quien están tratando en la persona de Florencio Villazón.

—¿Me estás diciendo que en esto la Procuraduría estatal no sabe en dónde se encuentra parada?

—En esto y en muchas otras cosas. Mira, hace poco me llegó un informe de inteligencia de la PGR en el que, entre otras cosas, se afirma que estamos viviendo una guerra imparable por el control de los mercados y las rutas del narcotráfico. Es verdad, pero a los colegas que prepararon el informe nomás se les barrió mencionar las fuentes del financiamiento que hacen posible esa guerra, y esas fuentes tienen un solo nombre: lavado de dinero. Lavado de dinero que se lleva a cabo con la complicidad de bancos, casas de cambio, empresas privadas y hasta de la Iglesia. Nomás acuérdate de todo el lodazal que hay detrás del jamás aclarado asesinato del cardenal Juan Jesús Posadas Ocampo. Qué casualidad que, al mismo tiempo, llegaron al aeropuerto de Guadalajara: el nuncio apostólico Girolamo Prigione, heredero directo de las más perversas intrigas vaticanas del Renacimiento; el susodicho Cardenal y dos bandas de sicarios de cárteles rivales, uno de ellos el de Sinaloa, encabezado por el ya casi legendario "Chapo Guzmán", y al enfrentarse "se equivocaron" y ni más ni menos se cargaron a todo un príncipe de la Iglesia. Esto sin contar con lo que, después de la balacera, un grupo de sicarios abordó un vuelo comercial a Tijuana en la pista, por la escalerilla de atrás y sin documentarse. No en balde desde entonces al brandy "Cardenal" mezclado con refresco de cola se le dice "El Chapo Negro".

Secondat asintió mecánicamente y mientras apuraba un trago de whisky para mejor deglutir el sándwich, preguntó:

—¿Todo esto qué tiene que ver con Villazón?

—A eso voy. Malhechor Espejo utilizó el caso de Benito Camelo como un disfraz, como un verdadero "camelo", según se dice en España, para ocultar sus verdaderas intenciones, que consistían en extorsionar a Villazón con pruebas, subrepticiamente extraídas de mi oficina, de lavar dinero del narco.

—¿Has estado investigando a Villazón?

—Por supuesto, porque para mí, como te lo acabo de decir, la raíz del problema se encuentra en el lavado de dinero. Sin él todo lo demás no podría existir, pues los cárteles y sus líderes quedarían expuestos a una infinidad de acusaciones por delitos financieros y fiscales. ¿O cómo crees que llega la droga desde insignificantes puntos fronterizos como Yuma, Arizona, hasta grandes ciudades como Nueva York, Chicago y Seattle? Pues por supuesto, gracias a una extensa y bien surtida red de lavado de dinero. Ahora, si reduces el problema a nuestro querido Acapulquito, el eje de esa red descansa principalmente en Florencio Villazón.

—¿Cómo es eso?

—El viejo empezó a llamar la atención de mi oficina cuando anunció en los medios locales la construcción del desarrollo inmobiliario de lujo que va a llevar a cabo en Barra Vieja, entre el mar y la laguna. Y nos llamó la atención porque ese proyecto no es factible sin la inversión de un buen número de millones de dólares, pues requiere de manera imprescindible, de la limpieza de la laguna y de la contratación, instalación y operación de una planta desalinizadora y de tratamiento de aguas residuales que posean tecnología de punta para hacer frente a ese desastre ecológico en el que se ha convertido la laguna, pues, como tú bien sabes, desde hace más de diez años es el tiradero de aguas negras de ese hervidero popular que es la colonia Coloso. Y además, en Barra Vieja no hay agua potable suficiente para un desarrollo de ese tamaño y de esas pretensiones.

—Pero Villazón es un hombre muy rico que se está asociando con un grupo muy fuerte de la capital y con mi cuate Jimmy Magnus.

—Eso también nos hizo prender el radar. Porque la estructura accionaria de la sociedad no resiste el menor análisis. Los chilangos están aportando el 30%, Magnus su acostumbrada piscacha del 10% y el viejo el 60% restante. Sesenta por ciento de esa chingadera inmobiliaria es un mundo de lana.

—Ya te lo dije, Villazón es un hombre muy rico.

—Según mis investigaciones lo que tiene: rendimientos del Hotel Miramar y del Villa Navona, terrenos enormes pero baldíos e improductivos y las rentas de sus edificios y bodegas en Acapulco, Chilpancingo, Taxco y Cuernavaca, no le alcanzan para jugar con el 60% en esas ligas inmobiliarias. Entonces la lana con la que se va a poner tiene que venir del narco. ¿De dónde más?

—¿Tienes pruebas?

—Sí y no. Según informes de la cámara local de Turismo, la ocupación anual promedio de los hoteles y restaurantes del puerto es del 65 por ciento. Pero si revisas los reportes de ingresos del viejo, resulta que el Hotel Miramar y el Villa Navona todos los días del año están al cien por ciento. Eso sin contar con que en el carísimo Villa Navona, según esos mismos reportes, se sirve la increíble cantidad de seis tandas diarias. Tres al medio día y tres en la noche. Y por si algo faltara, el muy cabrón reporta 70 millones de pesos (más de cinco millones de dólares) al año, por rentas de bodegas y edificios nada más en Chilpancingo. Sólo los narcos pueden pagar ese dineral en un pinche pueblo como Chilpancingo, ni que fuera Las Vegas.

—Te repito: ¿tienes pruebas de eso?

—Secondat, también te lo repito, sí y no. Tenemos, desde luego, los reportes de ingresos y sabemos que la mayor parte de ese dinero va a dar a una compañía panameña, de esas que garantizan el anonimato. Incluso sabemos que para tratar de perder la pista, la compañía panameña es controlada por un fideicomiso secreto, *blind trust* como dicen los de la DEA, domiciliado en las Islas Caimán que, a su vez, pertenece a una especie de "fundación" que se localiza en las Bahamas y que depende de un fondo de inversión cuyo membrete tiene una dirección en Dublín, Irlanda. ¿Bonito, no? Pero nos falta el disco duro. Es decir, los números de las cuentas bancarias en México y en el extranjero que se utilizan para mover la lana entre ese amasijo de compañías, fideicomisos, fundaciones y fondos de inversión.

—¿Quién tiene el disco duro?

—Pues quién ha de ser. La Secretaría de Hacienda. Pero ya sabes cómo son estos tecnócratas. Solamente persiguen casos muy específicos, generalmente recomendados desde muy arriba o a petición de los gringos, mientras dejan a la ralea de lavadores de dinero y evasores fiscales que asolan el país en la más completa de las impunidades y, al parecer, Florencio Villazón es miembro distinguido de esa ralea. Por eso hasta la fecha, Hacienda no ha contestado las reiteradas peticiones de informes que les hemos enviado. Para ellos una oficina regional de la PGR en Acapulco es como si estuviera al norte de Alaska.

—¡Qué le vamos a hacer! Esto es México, no Suecia.

—De cualquier manera, tu petición de atraer el caso de Malhechor Espejo nos viene de perlas porque refuerza la posición de nuestra oficina en el sentido de que el viejo Villazón está lavando dinero del narco, pues por razones de lógica elemental solamente los sicarios de uno de los cárteles que operan en el puerto son capaces de degollar, casi en público, a un abogado que contaba con pruebas documentales de la vinculación de Villazón con ese cártel.

—Pinches empresarios de pueblo— se indigna Secondat —ya ves cómo se lavan las manos en su papel de víctimas pidiendo la intervención del ejército y amenazando con huelgas de impuestos y pendejadas por el estilo, si no se les da gusto. Cómo si no se supiera que ellos también son cómplices al pagarles "protección" a los narcos y al financiarse barato lavándoles el dinero negro. Y lo mismo es aquí que en Tijuana, Nuevo Laredo, Guadalajara y el resto de nuestra narcogeografía.

Secondat se sirvió el resto de la botella de whisky y bebió en silencio. El fuerte licor de malta tenía un sabor agrio diluido por el hielo y por el tiempo que la botella había permanecido abierta. El coordinador en Acapulco de la PGR cerró la prolongada conversación.

—De todas maneras gracias por el expediente de Malhechor Espejo. Lo voy a aprovechar para enviar un informe reservado a los mandos de la PGR en la capital. A ver si ahora sí nos hacen caso en Hacienda. Y si no, pues que la bola del desmadre siga rodando. Yo, al igual que tú, simplemente estoy cubriendo el expediente mientras me llega la ya cercana hora de la jubilación.

Afuera del bar, en las amplias terrazas del hotel, entre la densa cortina que formaba la lluvia que venía del mar cada vez más embravecido, dos jovencitas a quienes el agua que chorreaba de sus diminutos trajes de baño les marcaba unos senos incipientes que amenazaban, con el tiempo, en volverse generosos y abundantes, corrieron, riendo y gritando, a refugiarse en las habitaciones de sus padres.

El final llegó inevitablemente. Durante estos tres años habían tenido atracción, sexo, comunicación y una cierta identidad de vida. Pero siempre había faltado ese lazo indefinible, sólido e inasible a la vez, que hace que el amor perdure por encima de las vicisitudes de la existencia; el "gancho de acero" que fusiona dos almas en una, del cual hablara William Shakespeare.

Las razones fueron múltiples y variadas. Iban desde el clima de Acapulco y sus frecuentes temblores, hasta la necesidad de regresar a París para ayudar a su hija a enfrentar la fuerte crisis de identidad sexual que estaba viviendo. Desde el hastío que produce el vivir casi en el paraíso tropical, sin más diversión y cultura que la de ir habitualmente al cine a ver películas mayoritariamente gringas, hasta el desplome de su actividad profesional como traductora e intérprete, merced a la disminución del número de convenciones en el puerto ocasionada por el *boom* inmobiliario que había relegado la hotelería a un segundo plano. Desde ciertas actitudes machistas de Secondat, hasta la necesidad de recuperar los valores, los gustos, el ritmo, la gente y los sabores de la patria lejana. Desde el fastidio de la rutina conyugal a la que acaba llevando la *cohabitation*, hasta la sed saciada pero renovada al saciarse, de vivir nuevas experiencias en otros horizontes, sociales y culturales, no solamente más refinados sino también más definidos y estables.

Pero por encima de todo estaba el terror que a una mente europea y occidental le genera el saberse miembro de una comunidad en donde la violencia y la impunidad están a la orden del día y de la noche. En donde cualquier día aparecen cadáveres mutilados y degollados en sitios tan públicos y concurridos como las playas, las oficinas de impuestos y las discotecas, sin que nadie haga otra cosa que poner a desfilar por las principales avenidas tanquetas del ejército para provocar aún más miedo y confusión. En donde los gobernantes se la pasan encerrados en sus casas y oficinas, siempre rodeados de guardias fuertemente armados y que si salen sólo lo hacen en helicópteros artillados. En donde toda clase de pastillas psicotrópicas se venden en cualquier esquina a precios de risa. En donde no hay otra vida que la de las playas, los restaurantes y los antros. En donde los padres tienen que enviar a sus hijos a estudiar fuera de Acapulco en cuanto llegan a la adolescencia, para impedir que sean presa fácil del narcomenudeo y de la vida disipada de antros y playas con abundancia de turistas en busca de aventuras que propicien la gratificación instantánea de todo tipo de pasiones, adicciones, vicios y perversiones. En donde en fin... Margot Baldensperger, entre las sábanas arrugadas por el sexo final, con los ojos hinchados por las inevitables y recurrentes lágrimas de la despedida, estalló en una última pregunta:

—Dime Secondat, ¿así ha sido siempre en México. Esta violencia irracional, esta continua violación impune de las leyes y de los derechos de la gente algún día terminará?

Secondat, triste y resignado por la partida que de un modo indefinible había anticipado, acarició la mejilla y besó la punta de la nariz de quien, al final de todo, había resultado una francesita apasionada pero de corazón inescrutable dotado de múltiples razones prácticas que la alejaban por completo de esa entrega incondicional a la que, abierta o secretamente, aspira todo macho mexicano, y sin pensarlo mucho contestó:

—México arrastra una historia terrible de violencia sin sentido cobijada por la ilegalidad y la impunidad. Por eso ahora que el narco se ha enseñoreado en gran parte del país no le veo la salida al problema. No es que sea fatalista, pero una república pretendidamente democrática que siempre ha vivido entre la corrupción y la impunidad llega un momento en el que resulta inviable como nación, a menos de que regrese de lleno a sus viejas formas de autoritarismo y represión.

¿Cuándo ocurrirá esto? No lo sé, pero pienso que entre los narcos y los demagogos de esa dizque izquierda retardataria, dogmática y populista que padecemos, pronto van a llevarnos a un punto de ruptura para el que no habrá otra salida que un gobierno de mano fuerte bendecido, desde luego, por Washington.

—¿Tan grave lo ves?

—Ojalá me equivoque. Pero la historia de México demuestra, como bien me lo acaba de recordar un amigo y colega, que sólo gobierna con eficacia quien sabe inspirar miedo. Si a los narcos no les das miedo y en serio, van a seguir haciendo de las suyas en medio de esta impunidad insultante. Y entonces la solución autoritaria será vista como una bendición, aunque represente un grave retroceso político.

Margot caminó lentamente a la terraza, mirando sin mirar la bahía intensamente azul y la lejana confluencia del mar con el cielo de nubes bajas y blancas que semejaban líneas de algodón plisado, y simplemente guardó silencio.

CRUISING*

———•◦•———

Cuernavaca, enero de 2005.

Carlos de Secondat decidió dejar el automóvil utilitario que le proporcionaba la Fiscalía Especial de Acapulco en el estacionamiento público que se ubica en el sótano de los portales frente al pretencioso y provinciano palacio de gobierno, para tomar un taxi. Cuernavaca siempre le había parecido un laberinto de calles que suben y bajan sin orden ni concierto y que cambian constantemente de sentido y orientación. Un pueblote medio perdido en un valle de ensueño cuyas rústicas fachadas suelen ocultar jardines que parecen arrancados del paraíso.

---

* *Informal, to go about on the streets or in public areas in search of a sexual partner* (Argot, recorrer las calles o lugares públicos en busca de un compañero sexual). Webster's Unabridged Dictionary, Second Edition, New York, 2001.

Le había tomado más de tres horas trasladarse desde Acapulco por esa pesadilla de baches, hundimientos, deslaves y eternas reparaciones que no arreglan nada, pomposamente conocida como "la Autopista del Sol" que, eso sí, el gobierno "del cambio" había tasado en 80 dólares el viaje redondo, como si se tratara de una *auto bahn* alemana.

La razón: un par de semanas atrás se había aparecido en Acapulco la hermana de Salvador Núñez de Mendoza, armada de una recomendación del Procurador del estado de Hidalgo. La hermana sostenía que Benito Camelo no había sido otra cosa que el instrumento del autor intelectual del crimen, el viejo Florencio Villazón, quien había decidido deshacerse de Salvador —como lo había hecho con tanta gente que, a lo largo de su ya larga vida, se había atravesado en su camino— a consecuencia de un sórdido y complejo lío, que involucraba lavado de narcodinero en el Hotel Miramar y en el restaurante Villa Navona, así como un enredo homosexual.

Aunque estaba obligado a defender la postura oficial, en su fuero interno Secondat sabía que a la hermana no le faltaba razón. La sentencia que el juez penal de Acapulco le había dictado a Benito Camelo era todo un trasvestismo de la justicia, como tantos que casi a diario se perpetran a lo largo y ancho del sombrío territorio de la justicia mexicana. Merced a un arreglo inconfesable, el agente del Ministerio Público adscrito al juzgado, no había movido un solo dedo para probar la culpabilidad de Camelo. Eso le había permitido al juez ignorar la consignación de Secondat por el delito de homicidio preterintencional con las agravantes de premeditación, alevosía y ventaja, y dictar una sentencia "en beneficio del reo" basada en un oscuro precepto del Código Penal —tomado de la legislación italiana de 1930, en pleno auge de la corriente lombrosiana que vinculó la culpabilidad con los rasgos físicos del presunto delincuente— que establece una penalidad atenuada para quien, en un arrebato de celos y llevado por la furia pasional de un amor traicionado, mata o lesiona a su pareja. Ignorando que el precepto legal en cuestión posee una importante salvaguarda: que el responsable cometa el delito al momento de sorprender a su pareja en el acto sexual o en una etapa próxima a su consumación, el juez de la causa acomodó los hechos "en beneficio del reo" y le dictó a Camelo una sentencia de once meses de cárcel, que le permitió obtener su libertad preparatoria en diciembre de 2004, cinco meses y medio después de su detención. El Ministerio Público ni siquiera se tomó la molestia de interponer una apelación.

Por si algo faltara, la hermana exhibió fotografías y documentos que demostraban que Benito Camelo, tras salir de prisión se había refugiado en Cuernavaca en una casa propiedad de Florencio Villazón y que se le había eximido de la firma semanal en el libro de registro del juzgado de Acapulco. No contenta con eso, concedió largas entrevistas a los medios locales que pronto crearon un escándalo que obligó al viejo Villazón a volverse ojo de hormiga. Todo terminó cuando, después de una larga y privadísima conversación entre Secondat y su homólogo del estado de Hidalgo, la hermana fue informada de que "por su seguridad personal" debía abandonar de inmediato el puerto y no regresar en mucho tiempo. El día de su partida, Secondat y el juez de la causa emitieron una declaración conjunta estableciendo que el homicidio de Salvador Núñez de Mendoza era cosa juzgada y que el caso no se volvería a abrir.

Ahora Secondat había viajado a Cuernavaca para informarle al viejo que debía permanecer alejado de Acapulco hasta que la tormenta amainara, pues su presencia acabaría de comprometer a una fiscalía que lo había ayudado más de la cuenta y ya no estaba dispuesta a hacer nada más por él.

El largo trayecto por la tortuosa Autopista del Sol le había servido para tratar de poner en orden sus ideas. Mientras manejaba rodeado de los interminables desfiladeros de la imponente y tenebrosa Sierra de Guerrero iluminada por los cielos azules y el sol quemante de enero, intentó enfrentar lo que decidió bautizar, inspirado en un comentario que recientemente le había hecho Jimmy Magnus, como "la crisis de la salida de la vida", en función de la larga y cariñosa carta que acababa de recibir de Margot invitándolo para que aprovechara su ya inminente jubilación para irse a vivir con ella a París.

La propuesta era seductora pero de casi imposible realización. Pasada la euforia inicial que le produciría el habitar en la ciudad más bella del mundo, la prosaica realidad acabaría por aplastarlo. En París sería un extraño que ni siquiera hablaba bien el idioma, sin otro medio de subsistencia que unos cuantos ahorros y una incierta pensión (las jubilaciones del gobierno de Guerrero no ofrecían la continuidad ni las garantías que ofrecía, por ejemplo, la seguridad social francesa) que pronto se comerían el alto costo de la vida en euros, una moneda más cara que el dólar, de por sí prohibitivo en México. Acabaría dependiendo en todo y para todo de Margot, que ya le había mostrado dos facetas bastantes desalentadoras: su primera prioridad en la vida era el bienestar de su hija y, por mucho que lo amara, estaba más enamorada de su sentido práctico de la vida que le permitía romper, con especial frialdad, la más apasionada de las relaciones amorosas cuando dejaba de interesarle o de convenirle.

La carta lo único que mostraba es que Margot, en los primeros meses de su readaptación a la vida parisina, no había logrado sacudirse del todo los efectos de la quemazón del sol acapulqueño con su cauda de trópico que se pega a la piel y se incrusta en la imaginación como la sal de su mar que, por la simple adherencia al cuerpo, trasmina recuerdos, olores y vistas de playas doradas, oleajes incitantes, bosques tropicales, tan sensuales como peligrosos, y atardeceres multicolores de mar en calma, montes dorados y cielos de incendio. Pero Margot se equivocaba por completo si creía que la pasión lujuriosa nutrida por la demasía de la vida pausada y cadenciosa de Acapulco podía recrearse en el sofisticado pero cruel e indiferente París, la ciudad más bella, pero también la más agresiva y despótica para los inmigrantes de ciertos trópicos sangrientos.

No, "la salida de la vida" no iba por ahí. Los años de *cohabitation* en Acapulco habían sido para Margot una singular, exótica y sensual experiencia en el "edén del horror", pero nada más. Era preferible el recuerdo a un reencuentro destinado al fracaso. Tampoco ganaría nada liándose con una costeñita o chilanga de más o menos buena familia egresada de la creciente legión de las divorciadas, como se lo estaba sugiriendo Jimmy Mangus. No es que no lo quisiera o no lo pudiera hacer, porque después de todo, el precepto bíblico dice que no es bueno que el hombre esté solo sin una compañera que lo ame y lo conforte, pero antes tenía que decidir qué hacer con el resto de su vida, pues casi sin darse cuenta estaba por llegar a esa encrucijada en la que la vida se empieza a desvanecer, pero aún existe y se vislumbra la posibilidad y la responsabilidad de hacer algo que dé un nuevo sentido y con ello otro significado a la razón de ser y de sobrevivir, a pesar de todos los pesares, los miedos viscerales, las dificultades, las desilusiones y las depresiones recurrentes que suelen acompañar el tránsito a la eufemísticamente llamada "tercera edad".

No llegó a encontrar la síntesis de la ecuación porque lo sorprendió la entrada a Cuernavaca plagada de tránsito, baches, vericuetos y tramos en reparación que constituían una denuncia permanente a la negligencia criminal derivada de la colusión recurrente entre gobierno y contratistas privados. Los requerimientos del momento dejaron para después cualquier intento de solución a la trama existencial que lo acosaba desde la partida de Margot, que estuvo acompañada de la forzada liberación de Benito Camelo.

El taxi subió, bajó, dio como veinte vueltas, algunas de ellas inverosímiles, hasta depositarlo frente a una gigantesca fachada de cantera que daba paso a una casa enorme, separada en dos cuerpos por un jardín cuya terraza se asomaba a una cañada en cuyo fondo reposaba parte de un campo de golf. La casa se encontraba en ajetreado proceso de remodelación con albañiles y operarios laborando en todas partes. Al llegar al jardín, Benito Camelo salió a su encuentro.

Se veía igual. Moreno, atlético y retador. El único cambio estaba en el pelo que se había cortado a rape como si fuera militar… o sicario del narco. Secondat entendía la mecánica de los intereses que habían propiciado su pronta y absurda liberación, pero aun así no le agradó el aire de suficiencia del que hacía gala el cocinero, pues constituía un pequeño pero lacerante recordatorio de la impunidad que reinaba en Acapulco y en el resto del país.

—Buenos días, chichifo —le dijo con inocultable desprecio.

Camelo respingó de inmediato:

—Mire licenciado, vámonos respetando. Ya se lo dije cuando me interrogó allá en Acapulco, yo no soy ningún prostituto que se vende para que lo mantengan como principito. No niego mi homosexualidad pero la vivo con amor y dignidad. Que le quede claro para que se cuide de andarme insultando diciéndome chichifo.

—Tranquilo, Camelo, porque tu caso puede reabrirse en cualquier momento. Mejor llévame con tu patrón.

Sin decir palabra pero con las quijadas apretadas, Benito lo condujo a la amplia terraza en donde Florencio Villazón tomaba el sol sentado en una mesa que miraba al campo de golf. La provocación surtió el efecto deseado: Camelo había reconocido, sin darse cuenta, que Villazón era su verdadero patrón.

Al sentarse a la mesa, Secondat no pudo dejar de mirar, sorprendido, a don Florencio. Se había pintado todo el pelo de color caoba, dejándose crecer las patillas hasta la altura de la barba. El rostro parecía bañado en cremas humectantes y sus labios, extraña y grotescamente sensuales, tenían un ligero color carmín. Siempre había sido delgado, por lo que la guayabera blanca y el pantalón azul de lino le sentaban bien, pero al conjunto lo remataban unos coquetos botines de tacón alto y plano incrustados en pedrería que mucho se asemejaban a los que solían usar las prostitutas parisinas que en los años setenta del pasado siglo hacían las rondas del *Boulevard des Capucines*. El cuadro lo completaba un fuerte aroma a perfume que vagamente recordaba al de Margot, pero a diferencia de ella que sabiamente se lo aplicaba en pequeñas dosis detrás de orejas y rodillas, así como en las sienes, muñecas y nacimiento del pecho, el viejo se lo había vaciado en cantidades industriales por todas partes.

Villazón extendió la mano delicadamente manicurada, invitándolo a sentarse mientras le preguntaba con voz áspera:

—¿Qué tanto me mira licenciado? ¿Ya no me reconoce?

Secondat titubeó unos instantes. Algo no había cambiado y eran los ojos fríos y penetrantes que disparaban miradas de muerte.

—Perdóneme don Florencio, pero la verdad no, se ve usted diferente.

—Cosas de la vida, licenciado. Al llegar a mi edad hacen falta sensaciones distintas y más fuertes después de tantas viejas y tantos hijos regados por aquí y por allá. Es como en los negocios, se cansa uno de dar y llega el tiempo en el cual lo mejor que puede pasar es que le den a uno.

Benito apareció con una botella de tequila, una cubeta con cervezas y hielos, vasos y un platón de chalupas poblanas que delicadamente colocó sobre la mesa. Al hacerlo rozó varias veces el brazo del viejo que lo dejó hacer.

Villazón se sonrió con Camelo y de un golpe apuró el primer caballito de tequila; acto seguido emitió un sonoro eructo y preguntó:

—¿Qué se le perdió por aquí, licenciado?

—Le traigo un mensaje de ya sabe quién.

—Lindo cabrón. Creí que ya habíamos terminado. Yo ya cumplí mi parte y usted lo sabe mejor que nadie.

—No es eso. Se trata de la hermana de Salvador Núñez de Mendoza. Ya sabe usted del escándalo que acaba de armar en Acapulco.

—Pinche vieja. Mientras Salvador vivió nunca se ocupó de él, y ahora quiere ver qué saca con su muerte. Tenía entendido que ustedes ya la habían mandado mucho a la chingada.

—La señora no va a regresar a Acapulco. Ese no es el problema. El problema lo tenemos con la prensa local que nos acusa de haber dejado en libertad a Camelo para proteger al verdadero culpable: usted. Y esas noticias si no se dejan morir, con el tiempo acaban por filtrase a los medios nacionales y entonces no nos la vamos a acabar.

—A mí las calaveras me pelan los dientes y los diablos se me hincan. No me chingue, licenciado. Ese problema lo tienen que arreglar ustedes, porque como se lo acabo de decir, yo ya cumplí con mi parte.

—Por eso, don Florencio, no queremos que regrese a Acapulco durante un buen tiempo. Dénos chance de echarle tierra al asunto. Es lo único que le pedimos.

—A mí nadie me va a decir dónde estar o dónde vivir.

—A usted no; pero entonces se va a tener que deshacer de Benito Camelo. Es la única forma de acallar el escándalo, si no le damos tiempo al tiempo se podría reabrir el caso, obligarlo a confesar que actuó solo, impulsado por sus pasiones y desvaríos, y condenarlo a diez años de cárcel por homicidio culposo de carácter preterintencional. A lo mejor en cinco años lo tiene de vuelta, si se porta bien en la prisión.

—A Beni nadie le toca un pelo.

—Entonces quédese un año, por lo menos, aquí en Cuernavaca. Tiene una casa preciosa.

La mirada del viejo Villazón se perdió por las laderas de la cañada inundada de tabachines y flores de nochebuena, en cuyo fondo varias personas vestidas de alegres colores se afanaban detrás de una pelotita. Se lo pensó un buen rato antes de inquirir:

—¿Hay otra razón por la que no deba regresar a Acapulco?

Secondat presintió que al fin lo tenía en sus manos y se atrevió a decirle:

—Aunque se trata de un asunto que está totalmente fuera de mi competencia, no puedo evitar decirle que tengo entendido que la PGR lo está investigando por lavado de dinero procedente del narcotráfico.

Por primera vez la dura mirada del cacique inmobiliario de la Costa Grande se quebró. El narcotráfico paga pero también pega. Quienes en él se involucran, por protegidos que se sientan, no pueden evitar que el miedo feral que se apodera del subconsciente desde el primer trato, salga a la superficie en el momento menos pensado.

Pasado el desconcierto, Villazón agarró al toro por los cuernos:

—Mire, licenciado, no le voy a mentir porque sé que el traidor hijo de puta de Malhechor Espejo les entregó un expediente que tiene cosas comprometedoras para mí. Nada que se pueda probar en definitiva, pero que de cualquier manera me compromete. Sépase que con todo y esas dizque pruebas a mí los de la PGR también me pelan los dientes.

—Yo no estaría tan seguro, porque el expediente que usted menciona se tuvo que turnar a la coordinación de la PGR en Acapulco y a partir de ahí perdimos el control de la acusación.

—Lo sé, mis contactos me lo informaron de inmediato. Fue parte de nuestro arreglo. Pero mire, no está usted para saberlo ni yo para contarlo, pero se lo voy a decir, porque más vale que usted y sus jefes, incluyendo al que está hasta arriba, sepan que nuestro grupo tiene la protección de Los Pinos, a través de unos parientes de quien usted ya sabe, a los que recurrimos cuando nos enteramos de quién dirigía las juntas del gabinete de seguridad nacional.

Secondat no se dejó impresionar. Lo único que le llamó la atención fue la forma en la que Villazón pronunció las palabras "nuestro grupo", como si se tratara de una organización corporativa de carácter trasnacional y no de un cártel de drogas.

Después de hacer una pausa efectista para seguirse ganando la confianza del viejo, el fiscal especial ripostó:

—No hay pruebas de lo que dice, aunque abundan los rumores y las insinuaciones de que el Cártel de Sinaloa compró la protección sexenal en 40 millones de dólares. Pero a ciencia cierta lo único que se sabe es que la acusación proviene de un ex agente de la policía de caminos que se metió de gatillero del narco, huyó a Estados Unidos y ahora para evitar que lo deporten a México la anda haciendo de informante y testigo protegido de la DEA.

—Licenciado, usted puede creer lo que guste. Yo sólo le digo que si le contara todo lo que sé, estoy seguro de que mañana mismo renunciaría a su fiscalía y se iría corriendo del país. Creo que tiene usted una novia francesa o inglesa o alguien así, pues aprovéchela y váyase de aquí. Yo sé lo que le digo.

Secondat siguió sin inmutarse:

—No se olvide, don Florencio, que cada sexenio tiene su cártel favorito. En el de Miguel de la Madrid lo fue el Cártel de Sinaloa, entonces encabezado por Félix Gallardo. En el siguiente lo fue el jefe del Cártel del Golfo, Juan García Ábrego, quien acabó extraditado a Estados Unidos, en dónde le impusieron una pena que ni con tres vidas alcanza a purgar. Y en el de Zedillo fue el Cártel de Juárez, de Amado Carillo Fuentes, el famosísimo *Señor de los Cielos*, con el que se llegó a vincular a un hermano presidencial. Así que no se confíe. Este sexenio se acaba en veinte meses y salga quien salga de presidente, el poder de la señora y de su familia va a valer lo que siempre debió haber valido: pura madre.

Florencio Villazón guardó un largo silencio. Del bolsillo derecho del pantalón extrajo una boquilla de concha nácar color rosa mexicano, encendió un cigarro y dejó que su vista se volviera a perder entre los tabachines y las nochebuenas de la cañada vecina, mientras aspiraba y exhalaba el humo tóxico. Fumó con desparpajo y desdén, aunque al depositar la ceniza en un pequeño cenicero de plata que tenía dispuesto al lado, su mano pareció volverse sobre sí misma en un gesto que quería ser delicado, pero que a Secondat le pareció forzado y exagerado, como si lo acabara de aprender y estuviera ensayándolo. Al fin repuso:

—Mire licenciado, voy a entrar un poquito en confianza, porque como se lo acabo de decir quiero que transmita el mensaje a sus superiores. Usted me habla del Cártel del Golfo y de Juan García Ábrego, así como de la protección que ese señor recibió de un conocido personaje del gobierno en sus tiempos de gloria. Pero se le olvida lo más importante. El narcotráfico no depende de tal o cual capo, ni siquiera de tal o cual pariente del Presidente de la República, sino de los lavadores de dinero, de esa red de empresarios, banqueros y dueños de casas de cambio que en México y Estados Unidos procesan, limpian y reciclan los miles de millones de dólares que el negocio produce cada año. Los capos y los parientes presidenciales van y vienen, los matan o los meten a la cárcel, pero el negocio crece y prospera más que nunca. ¿Por qué? Porque capos y gente de influencia en Los Pinos son desechables y sustituibles mientras la red de lavado de dinero permanezca intacta. Vea si no el caso de García Ábrego. Hace como doce años fue extraditado a Estados Unidos en donde lo sentenciaron no a una ¡¡sino a tres!! cadenas perpetuas. Le digo esto porque se suponía que el Cártel del Golfo no era nada sin García Ábrego. Y vea ahora, con otros capos y con otros amarres, el Cártel del Golfo está más fuerte que nunca y ferozmente le está disputando al de Sinaloa la plaza de Acapulco, palmo a palmo.

—¿A dónde quiere llegar?— inquirió Secondat, que acababa de devorar la quinta chalupa (estaban exce-

173

lentes, en su punto de picosas y muy bien sazonadas) y ahora la digería con un largo trago de cerveza.

—A que usted y sus jefes entiendan que mientras nuestro grupo se mantenga a la sombra y dentro del esquema financiero, quienes hoy nos protegen seguramente mañana cambiarán pero nosotros no, porque sin lavado de dinero no puede haber tráfico de drogas en gran escala y en ese aspecto somos casi indispensables. Por eso más vale que ni se les ocurra reabrir el caso de Beni, porque entonces se las van a ver conmigo. A cambio de y para evitar fricciones que no vienen al caso, yo les voy a ayudar quedándome un año, o más, en Cuernavaca.

—Entendido, don Florencio.

Extrañamente el viejo pareció suavizarse:

—Dígame don Flor, como todo el mundo, aunque ahora sé que me andan diciendo "doña Flor", pero eso sólo se lo tolero a Beni.

Como el viejo esbozaba una mueca que pretendía pasar por sonrisa coquetona, Secondat decidió aprovechar la aparente calidez del momento para tratar de seguir hilando fino:

—Veo que va a renovar completamente esta casa.

—Así es. Déjeme mostrarle.

En el primer cuerpo se estaba acondicionando una casa habitación, cuyo decorado y buen gusto estaban por verse, aunque los generosos tamaños de la base de la cama y de la tina con jacuzzi en la recámara principal eran de llamar la atención. En el segundo cuerpo se trabajaba en lo que sería un restaurante "rústico pero de categoría" (esas fueron las palabras que empleó Villazón) cuyas mesas y servicio se extenderían a la terraza y al jardín para aprovechar la magnífica vista que ofrecerían a los comensales la cañada y el campo de golf, así como el clima generalmente primaveral de Cuernavaca.

El restaurante llevaría el predecible nombre de "Café Flor" y, por supuesto, sería administrado y operado por el chef Benito Camelo.

Cuando estaban por concluir el recorrido de lo que andando el tiempo sería el "Café Flor", el chef se acercó a Villazón para pedirle que firmara unas facturas diciéndole:

—Son para las máquinas de hacer espuma.

Secondat no pudo contenerse.

—¿Para qué quieren máquinas de hacer espuma en un restaurante?

El viejo sonrió forzadamente y casi en un susurro farfulló:

—Es para los amigos. Para hacerles esas fiestas que llaman *cruising*. A Beni le gustan mucho.

Secondat, de momento, no supo de qué hablaba Villazón, pero un instante después recordó lo que Justine, la hija de Margot, había platicado el verano pasado cuando estaban a la mesa de su casa en el Fraccionamiento Costa Azul. Que en el mundo gay de ciudades como Londres, París y Nueva York se habían habilitado viejos sótanos como bares para reuniones íntimas en las que después de beber y platicar un rato, los asistentes se despojaban de su ropa y recorrían el lugar —*cruising*— en busca de un compañero sexual. Al hacerlo enormes máquinas, estratégicamente ubicadas, los bañaban de espuma hasta cubrirlos casi por completo. Según Justine, la espuma cumplía un buen número de funciones: limpiaba cuerpos que, a veces, no eran lavados con frecuencia; ocultaba encuentros; añadía misterio y erotismo a la velada; facilitaba penetraciones y caricias atrevidas; compensaba los humos del alcohol y tendía a ocultar secreciones y malos olores.

Justine, con su lesbianismo ya casi desbordado sabía muy bien de lo que hablaba, pues no hay mejor amiga de un gay que una lesbiana. Pero que semejante confesión hubiera salido de los labios de Florencio Villazón, así fuera bajo el formato equívoco de un murmullo apenas inteligible, parecía representar una oportunidad de acercamiento que Secondat pensó que no debía desaprovechar.

—Don Flor— le dijo con voz pausada —hay una pregunta que quiero hacerle nada más por motivos de tranquilidad de conciencia: ¿Su, digamos relación, con Benito Camelo es anterior a la muerte de Salvador Núñez de Mendoza?

Pensar que se había ganado la confianza del cacique inmobiliario con unas cuantas confidencias era como creer que se ha amansado a una víbora de cascabel solamente porque no mordió al primer contacto. En cuanto escuchó la pregunta, Villazón tensó el cuerpo, apretó la mandíbula, lanzó una de sus miradas de muerte detrás de la máscara de cremas humectantes que pretendían alisar su rostro agrietado por cientos de pequeñas arrugas, y con violencia, apenas contenida, contestó:

—Mire licenciado, si hoy le he dicho ciertas cosas no es porque lo estime o le tenga confianza, sino porque entre Beni y el infeliz, malagradecido de Malhechor Espejo, no me dejaron de otra. Usted no es más que un recadero para irle a decir a sus jefes en dónde estoy parado, cuáles son mis amarres y por qué no quiero que toquen a Beni. Nada más. Así que no se me ande pasando de listo. Y ahora váyase. No vaya a ser que su taxi no lo espere.

Escoltado por Benito en el largo trayecto de la terraza al portón, Secondat, con renovada conciencia de la inutilidad y futilidad de su vida profesional, no pudo evitar sentir, más que pensar, que a fin de cuentas, Acapulco, como síntesis final de esa vida profesional, no era solamente el edén del horror sino también el paraíso de las adicciones. Adicción al oro. Adicción al sexo en todas sus variantes y modalidades. Adicción a la vida pausada e intrascendente del trópico. Adicción a las drogas. Adicción a la vida nocturna y a las tardes adormecidas de playas y albercas. Adicción a la violencia. Adicción a la inevitable simbiosis de poder y dinero. Adicción al sol y a la brisa del mar. Adicción a la corrupción y a los negocios fáciles. Adicción a las armas. Adicción al lujo y a la ostentación sin clase. Adicción a la incompetencia gubernamental y al desmadre generalizado. Adicción a las divisas extranjeras y a las gringas facilonas. Adicción a la mierda y a la basura. Adicción a las venganzas por este o aquel motivo. Adicción a las franquicias gringas y a las vistas espectaculares del Océano Pacífico en la más bella de sus latitudes. Adicción a la selva, verde y lujuriosa con matices de denso bosque tropical, que todo lo invade y lo rodea hasta chocar con las aguas del mar. Adicción, en fin, al alcohol y a las drogas como escape del paraíso de las adicciones sin causa.

Y todo ello enmarcado por la impunidad nacional, cuya adicción otorga sustento y razón de ser, a todas las demás.

Al salir a la calle, Benito Camelo dio rienda suelta a los resentimientos acumulados a lo largo de más de diez años de servidumbre acapulqueña:

—Qué bueno que el patrón ya me lo puso en su lugar. A ver si ahora ya dejan de chingarnos.

Los rescoldos de la dignidad vapuleada de Secondat le dieron ánimos para, él también, poner en su lugar al asesino material, confeso y convicto, de Salvador Núñez de Mendoza. Al abrir la puerta del taxi, simplemente le dijo:

—Adiós, chichifo.

POST SCRIPTUM

———•◆•———

*H*asta aquí la historia como me la contó mi amigo y viejo condiscípulo, Carlos de Secondat. Sin embargo, no cumpliría a cabalidad mi oficio de narrador si omitiera mencionar la pesadilla recurrente que acosó a Secondat los últimos días que tuve ocasión de conversar con él. Se trata, por supuesto, del fin de Godofredo Heller Manzini, el argentino de los lingotes de oro, en el Panteón Francés.

En el sueño pausado de las noches solitarias de trópico, la imagen se repetía noche a noche tras la fría partida de Margot. En ella, el diminuto vecino del Río de la Plata emergía, jadeante y lleno de fango, de la fosa anegada, entre los rayos y centellas de la tormenta que a tumbas, criptas y mausoleos les confería un aspecto tétrico y fantasmal. Al intentar darse la vuelta para caminar, cargado de los lingotes, hacia la barda exterior del panteón, su gabardina era atenazada por la mano cadavérica de su primo Rigoleto, al que había asesinado para quedarse con el oro, hasta fusionarlo en un abrazo de ultratumba y llevarlo con él a las tinieblas del más allá... luego la mano se desvanecía mientras el aterrorizado Heller Manzini se desplomaba sin vida sobre las varillas que brotaban de la fosa vecina asemejándose a las articulaciones de la cabeza cercenada en la playa de La Condesa. Varillas que Secondat, en su sueño febril, volvía a patear hasta que atrapaban los pliegues de la gabardina del ladrón que asesinó por la posesión de los lingotes, para hundirlo en la oscuridad de la nada...

Cumplida su misión el narrador se retira, no sin antes preguntar a los lectores, a la manera de Joseph Bédier:

«¿Os ha gustado este hermoso cuento de amor y muerte?»

Brisas del Marqués.
Marzo de 2006-abril de 2010

NOTA DEL AUTOR

Esta novela contiene una dramatización de hechos reales. Por esa razón, los nombres de los personajes principales y el lugar de los hechos que hilan la trama han sido cambiados. Hasta donde sé, ninguno de los dos panteones franceses que hay en la ciudad de México han servido para ocultar lingotes de oro, por lo que las referencias al respecto son producto de la imaginación del autor. De igual manera, son producto de la imaginación del autor los cargos y oficios de Fiscal para Delitos Especiales del Distrito Judicial de Tabares, Acapulco, Guerrero, y de Coordinador de la Procuraduría General de la República (PGR) para la región de Acapulco. Las personas que se mencionan como funcionarios públicos del estado de Guerrero y del municipio de Acapulco (gobernador, procurador de Justicia, presidente municipal, secretario de Turismo y demás relativos) no corresponden a quienes efectivamente desempeñaron esos cargos en el 2004 y principios del 2005. Todo lo demás corresponde a nuestra impune realidad "con su pelo y su lana", como diría Fray Servando Teresa de Mier.

Adolfo Arrioja Vizcaíno
Mamá Carlota
El fin de la fugaz emperatriz de México
mr novela histórica